U0927545

如果这可以 是首歌

姚谦——著

四川文艺出版社

新经典文化股份有限公司
www.readinglife.com
出　品

序

如同朋友们发现的，的确，这十年我写歌的时间明显减少了，我想，这可能也是合理的。在别人印象中，我写歌密度最高是在二〇〇〇年前那十年，正是唱片业兴盛的年代。二〇〇〇年后，随着音乐产业的变化，人们听歌的方式改变了，自然也改变了创作者发表歌的渠道以及创作歌的进程。而那密集写歌发表的十年，正逢青春过后情绪与感想最多的生心理期，多事儿、多牢骚、多困惑，写歌不费力气又能排解。当时以为，透过写歌扩大了自己的世界，完整了自己。现在想想，不得不佩服自己当年想象的勇气。以我有限的人生经验看来，那十年只是人生的一个开始。在那之后发表歌的数量逐渐减少，除了有音乐产业的变化因素外，我也开始怀疑自己，怀疑写歌的动机与意义。当真实生活的质量及不上书写的数量，创作与谎言只是一线之差。

创作若没有名与利的负担，也没有屈于怕被遗忘的廉价自尊之下，那才是一种自由。当我不断地这么告诉自己时，歌的完成量减少了，生活的质量却渐增。旅行、阅读、尝试错误，都是值得书写的生活。书写有了意义，让我有种又活过来的存在感。于是，这十多年来与生活有关的书写渐多，读一本书、看一部电影、参加一场音乐会，或在短短的散步途中，或在旅行的途中，忽然就有些感想和倾吐的欲望，写着写着就问自己：如果可以，这能成为一首歌吗？生活中许多片段对自己来讲或许都有其独特的意义，除了是当下的感想，也是来日重复检查自己的小镜。如果借着一首歌把它留住了，也就自然地与人分享了。

日子过得特别快，这十年，在别人面前我“以歌沟通”的次数少了，却写了许多的观想小文。每一个思考的片段、感受的重述，对我来说都像一首歌。

如果这也可以是首歌，常常我跟自己这么说。

姚谦

二〇一七年四月三日

北京

目　录

001 / 履行者的旅行 歌

003　美好的原点
007　星光下的睡眠
012　灵魂自由的旅客
016　中年后的旅行
019　我去过的孤独荒野
022　走进非洲，走出非洲
027　摩洛哥：多情的旅人
035　旧梦重温
038　日本：减法之美
041　记忆坐标
044　莫斯科的第一天

047 芭蕾舞记

051 当我以为知道很多的时候

054 眼泪手枪

059 南极，初去天涯

063 南极行中的企鹅

068 烽火香江路

071 旅行的最大动机

075 思考勇气

079 生活的几种旅行

085 / **一个人的生活 歌**

087 / 生活家：Life & Sense & Ideas

089 理想家

092 木浴记

096 宠物

100 孩子们的暗语：丢丢铜

104 亲密恐惧症

107 绕圈的记忆旅行

110 女儿带来的生命变化

113 怕与不怕：我读周耀辉

116 电视，非主动有害

122 “好奇心”功课

125 虚拟的科技与虚拟的正义

128 如果汽车喇叭有“礼貌声音”选项

131 / 陪伴者：Song & Art

133 歌的日记

137 季节中的音乐

140 LIVE 与开普敦

143 音乐，在别处

147 当时的音乐

149 重逢的感叹

152 演唱会的魅力，歌的魅力

155 隐藏无声的风华

159 在变化中，自圆其说

162 未满的画

165 把它当探险一场

168 肖像的延伸阅读

172 毕竟看人是本能

175 读书、观物、对照

178 争过一幅画的缘分

181 生活在艺术里

187 / **观看的视界 歌**

189 / 音乐的新沟通力

191 音乐的新绿

195 音乐的新沟通力

198 金马记：不要放弃

201 问金曲

204 初遇好妹妹，再遇台湾旧时金曲

208 音乐圈没有 IP

211 真实的音乐与表演

214 八分钟的创作
217 隐藏的歌手
221 直男的脆弱
225 运动证明着音乐复兴
228 音乐需要“被使用”
232 让我为艺术写首歌
236 你在时间的那里，而我在这里
241 音乐，影像，人的故事

247 / 不只是探访艺术

249 长在手指上的眼睛
252 好作品进化区：三十岁时刻
256 APP 创投与西洋古典绘画
260 对艺术美的两种渴望
263 解开习惯与喜恶
267 新时代的“实体丝路”
272 一个音乐人眼中的时代

履行者的旅行　歌

中年之后做了决定，用更多的时间来旅行。并趁着初老未老，赶快去做远程的旅行。

旅行是一种很特别的与人接触的经验，与游伴建立起感情的过程，仿佛是人与人之间建立关系的一种快速缩影：从陌生到熟悉，从各自行动变成一个小团体，在有限的时间里快速过渡，也在不久的将来解散。

美好的原点

今年奥斯卡在所谓的文艺圈被讨论最多的应该是《海边的曼彻斯特》吧！城市，常常是创作中最好的平台，特别是在电影与文学创作上。城市给人的感染从视觉、听觉到嗅觉，而电影是最能清晰表达视觉与听觉的平台。《海边的曼彻斯特》就准确地利用一个城市的冬景，来烘托整个故事的主题。这让我想起了属于我的最早出发地，台南。

我的童年是在台南度过的，我却几乎从未书写过它。记忆里台南有着清晰的画面——秋茂园中密集不高的果树。那是小时候父母常带我去的、离家不远的一个私人公园。依稀记得妈妈告诉我，造园者是一位大善人，因为童年偷摘别人家地里长出的果实被斥责，所以在成年后建了这么一座果园，开放任人摘食，成了一座公园。这个故事在我的童年不像一个传奇，而是一个可以触摸与进入的实境故事。我记得许多黑白照片是跟家人在秋茂园的果树旁拍的。虽然我从未摘过园子里的果子，但在我童年的画纸上，拥有累累果实的公园便是伊甸园该有的样子。只可惜，成年后再回台南时，记忆中的秋茂园早已不见了。

记忆里的第一个沙滩也在台南。台南有海也有渔港，不过童年记忆中尤为清晰的是沙滩上一道长长的防风林，全是长满扎手球果的木麻黄。当时的我觉得那些可挡住海风的高大神木，像一群勇士，沿着海边的公路守护着。小学的春游学校组织去过，不过印象深刻的是跟着教会青少年团同去的记忆。当时特别活跃、喜好表现的父亲和他年纪相近的弟兄姊妹们，一反平日拘谨保守的穿着，在海边野餐，欢笑玩乐，像一个很不真实的场景。那时我只是一个跟班的小屁孩，贪图野餐的可乐与甜点，坐在沙滩听着、望着一群青春的笑声与肉体，浪涛声也都是欢快的节奏。于是沙滩在我生命的第一个印象，就是个快乐忘我的地方。

台南有许多关于吃的记忆，也是不可抹灭的。上回参加金马奖评审，一个月封闭式地看电影，其间碰到一位电影制片人，我们特别聊得来，后来才知道她是台南人。于是我们多了一个共同话题：台南小吃。聊吃，是那个月观影空当间清洗脑子最有效的方法。记忆中台南小吃各种热腾腾的模样，五彩光鲜的姿态，都像前世情人般出现，画面虽模糊但香气如绕鼻端。我们就这么一道一道聊起来。

后来聊到赤崁楼。她家就在赤崁楼对面，她告诉我一件我一直没有察觉的事：二十多年前，台南为了整顿城市仪容，把赤崁楼的外墙重新粉刷了一遍，刷成了长官喜欢的红，她说这是她永远也不会原谅的悲剧。从此，她记忆中美丽的赤崁楼就消失了。

我听一位在台湾历史博物馆工作的朋友说过，历史博物馆一直努力把外墙的红色维持如北京故宫外墙的红，所以总由馆里去过北京故宫的老先生们凭记忆来做判断。然而当我真的去到北京故宫却发觉，两种红色是不同的，当然色温的不同也是一个很大的原因。不过记忆与真实的距离，总是有种无法计算的惆怅。

成年之后再回台南，常经过赤崁楼，楼前那条小吃街的消失是看得到的，离赤崁楼不远的全美电影院，更是我放在心上的，每回回去总要刻意路过。那是我这个电影迷初养成之地，也是我少年梦想营造之处。我每周总要挑一个下午没课时候或者翘课去那儿，连看两部电影，晚餐前赶回家。记忆中一大串电影名单都是在那里攒下的。

台南在记忆中的模样与现今真实的台南早已不再相似，再面对它，我越来越像个异乡人。童年的台南将随我老去，无法忘记。每回探望父母总会在台南市的街道溜达一番，每回走着走着，看着这越来越陌生的城市，岁月走远、世事多变的感受越浓。

我知道这是合理的。生命与万物本来就一直在变化中，而我也早已不是记忆中的模样了。

星光下的睡眠

第一次去云南度假，没有选择丽江古城、大理名胜区，也没有选择带着人群浓浓气味的滇池。我去了沙溪古镇，一座拥有两千四百多年历史的山中小镇。一出了大理市，人整个的精神状态都有了改变，身处高地，群山环抱，偶尔可见山群中大大小小的池子，心情特别平静。在远处看着洱海，才知道它是如此壮观而且充满灵气。沿着山群之间的高速公路不断前行，不得不感叹自然之大与美，只要翻越一座山就有另外一种景象。三小时后，车子进入沙溪古镇。我立刻就被这么一座美丽的小镇惊呆了，无法想象在曲折的山路后头，藏着如此细致、文明与完整的古镇！最重要的是，它如此朴素。

我住在古镇边上的一间小客栈，门前有一棵五百岁的大槐树，高耸茂盛的树枝间，鸟鸣此起彼落，自成一完整生态。

尚未登堂入室，以竹筒造径、院子里有几棵小树的客栈就已经赢得了我的好感。那些柿子树、石榴树，以及一棵正在抢救中的樱花树，其实并不算小，只因古镇四处都是百年大树，显得小了。院中还有一小片如地毯般采自山谷、在试种的蕨。小巧精致的大堂中，壁炉边的整面墙上不是书就是画，而画都是印刷品不是原作。我认出了绘画的作者，忍不住兴奋地问正在忙着办理我入住手续的女主人："这是何多苓画的对不对？"她笑着点头，有点不好意思地告诉我，都是画册上剪下来的，因为喜欢，就剪下挂在墙上。

住在那儿的两天里，我在这面积不大的大堂里，听着不时流动的巴赫音乐，品着刚刚从虹吸管煮出来的咖啡，清晨还有好吃得让我念念不忘的早餐！这些都是年轻女主人安排的。阳光最凶猛的午后，我总会花几个小时待在这里休息，与男主人聊天。得知他们在北京读书、工作过，然后选择来这里过另一段人生。花了一年多时间，他们才完成老宅不改结构的修护与装修，以自己的体会与想象慢慢搭建出一座天堂来。从细节可以看出他们对生活的思考多少与别人不同，客栈里没有奢侈与浮华的家具，只有一种说不出的专注和安静气息。我被这一对有情怀的年轻夫妇打动了。

经由他们推荐，两天的沙溪古镇之旅我只去了附近的石钟山石窟。

~

此行拜访石窟，我打后山而入，全程徒步！慢慢悠悠地走出古镇后，经过了一片又一片的田园，有点席德进先生所绘的嘉南平原之意，途中见到农夫们俯身在田间工作，好一幅太平人世。然后缓缓入山，后山无人，偶尔有鸟叫声或蜜蜂飞动的声音，时远时近，交错耳边。就这么在山谷里走了大半个上午，纵然后段体力有些不济、气喘如牛，心中仍觉十分幸福。石钟山石窟没有别处石窟的宏伟巨大，多散落林间，转身可见，有一种接近生活的气息。沿途还看见多座没开放的小石窟，门上上了锁，透过门栏的空隙看着门内未经修复的石刻，晨光从旁射入，照在石雕上，一尊一尊的神像，表情与形体都十分生动，像落入人间的精灵！长达四个小时的登山路途，时时遇见惊喜，不会觉得无趣，反而有一种孩子离家历险、一路探宝的乐趣。

回客栈后，我立马上网搜寻资料，才知道刚刚去了一个了不起的地方。石钟山石窟是一个经由汉族、白族与东南亚、南亚、西亚等各方文化交流后的呈现！这里的前身为古大理国，因与印度、缅甸接壤，处在我国西藏、四川交界的地理位置上，同时受到中原和藏族文化、宗教、艺术的影响，故而在文化上呈现出多元而丰盛的面貌。

那两天，与客栈的年轻夫妇聊天，我深刻感受到青春期后，初成熟的男女内心的迷惘与确定。三十出头的人仍有着自己坚定的信仰非常不容易。云南并非逃避现实之处，而是他们试着实践自己存在价值的可能之地。与他们聊天期间，我总是不断地对照自己在那个年纪曾有过的迷惘和倔强，我又是如何经过了初老那几年。

古镇的黄昏真的可以体会到“黄金瞬间”（Golden Moment），金黄色的夕阳瞬间充满山谷，历史悠久的古桥架在夕阳当中，真的有事无古今之感。而黄金时刻特别短暂，很快夜晚就来了。

夜里的沙溪依旧美丽，除了更加安静外，还有满天清晰可见的闪烁星光。短宿的两个夜晚，我都忍不住要在院子里望那难得重逢的星空。我跟年轻夫妇分享：台湾有两个小旅店，选址在无光害的普通乡间，每个房间最昂贵的设备就是一个小阳台，最好的服务就是满天的星光。他们听到这样的旅店概念时，眼中充满了此道不孤的认同之光。我建议他们把院子里的夜灯再调暗一些，星光会更明亮。

因为难舍星光，最后一夜我选择不拉窗帘入睡。对于一个喜欢在暗处睡觉的人来说，这是一个很大的挑战。没想到那晚睡得特别好，忍不住在微信里与朋友们分享。不久前，一位在大理开独立书店的朋友回应我，沙溪的确是个睡觉的好地方，常失眠的他，每回去那儿都能睡上一夜好觉。

灵魂自由的旅客

南美洲一直不是我计划内的旅行地。直到我发现自己已经身处中年才赶紧做计划，毕竟在南半球，每一趟飞行都要耗费很长的时间，真怕迟了体力不行。就这样，我去了秘鲁。

最兴奋的当然是探访亚马孙河与马丘比丘了。从前总以为亚马孙河在巴西，后来才知道它的上游水源在秘鲁。秘鲁境内过半都是海拔过三千米的高原，繁多的水源分头往下，汇成河流，聚集成了亚马孙河，在秘鲁成形一路到巴西出海。

抵达这个高原国度后，处处都是惊讶的发现。首先是人，印第安人跟亚洲人长得如此相似，若不是服装与语言的差异，很容易误以为身在亚洲某处。一路上听专家们说着印第安人的古历史。这是地球另一端一个古老同欧亚的历史悠久的民族。他们失传了文字，残存的仅是结绳记事历史。回溯语言、社会系统的演变，透过他们濒临灭绝的由盛而衰的过去，我看到一个轻理性、纵谣言的无病呻吟的感性时代，似乎与这些年的台湾有着同样纹路。纵然这里的印第安人有着人类最早的精密科学的高原水路与陆路系统，盛世强族也迅速坠亡。看着已经被西班牙人改变的殖民风貌，不禁让我感叹：天灾往往趁着滔滔人祸而来做句号——西班牙人带来印第安人无法免疫的传染病只是个象征性的句号，灭绝他们自己的是兄弟政党间的轮番恶斗。

秘鲁境内的高原，打破了高原只有畜牧的印象。这里的人们数千年前就已经在高原上务农，独自建立起属于他们的文化和属于他们的生活系统。当我在海拔四千米的高原上看到一望无际的麦田时，我不得不告诉自己，人的本位思考是多么固执啊！原来这个世界那么多样，我们不能仅以自己的经历、我们的历史和我们的价值去度量世界或丈量别人。

十五世纪西班牙的侵入引来一场民族大浩劫，古城库斯科在表面上却看不到太多这场浩劫所造成的悲伤与愤怒。那海拔三千多米的高原城市，明明是经历了一切，却还处处保留着西班牙人走过的痕迹。但那段历史藏在深潜处，在不常笑的人们眼中，在圣多明尼哥教堂的《最后的晚餐》画作里。（门徒与耶稣餐桌上的食物都是就地取材，有机得不得了，比如烤天竺鼠和紫色玉米酒。）

在这高海拔地区，天空分外蓝，日照凶猛，照得这城市分外色彩斑斓，皮肤黝黑的人们总会让我联想起菲律宾人或藏族人。当然最大不同是他们的穿着，这里的人们更喜欢鲜艳的颜色，总是将鲜艳编织在身上或挂在屋檐上。库斯科的市旗是彩虹旗，初初看见以为这是个跨性别平权的城市。头戴类似西部牛仔帽，扎着两条大黑辫、发尾相接的当地妇女，为数不少，不断地在街道上走动。这里已是一个因旅游而闻名于世的城市了，旅游的生意让她们穿回了传统服饰。

满城的猫同样吸引着我的注意，我询问出生于库斯科并留学美国的导游先生：为什么这里的猫放养得像狗一样？他用非常标准的美国口音回答我：是的！这里的人都爱猫，对猫就像对待居民一样，顺其自由。夜晚，这些猫居民游荡在街上，如同我们在别的城市看到的狗群穿梭在街道一样，成群结队形成了另外一个世界。库斯科是它们的城，另一个文明在暗自进行。

我住在一个老修道院改造的饭店里，那儿看似肃穆沉静，其实在两圈建筑物内有个花团锦簇的花园和一棵古神木。这棵号称“库斯科最老的树”也是城中仅剩的老树。因为当年西班牙入侵，以文化统治殖民地而大兴土木，建教堂、造雕塑神像，耗尽了木材。这一棵老树因藏在修道院里，才得以幸存。

推开窗看着老树在夜里伸展向上的枝叶，静静地簇拥着树梢上的月亮，低头是满城穿梭的猫群和酒吧里的年轻观光客，我忽然明白为什么这座有名的观光城吸引来的大多是年轻的背包客。因为这里有着一股幽幽的茫然空白，既不属于过去，也未涉入现在，在世界一个角落、一个暂停的过渡时空里，寄放在海拔三千多米的高原古城上，而人们来此做灵魂自由的旅客。

中年后的旅行

前几日，与不久前一起旅行的朋友约了晚餐。秘鲁之旅结束已三个月，再见面仍有着热乎乎的感情，纵然北京已是微寒深秋。

旅行是一种很特别的与人接触的经验，与游伴建立起感情的过程，仿佛是人与人之间建立关系的一种缩影：从陌生到熟悉，从各自行动变成一个小团体，在有限的时间里快速过渡，也在不久的将来解散。这样的经验往往可以造就一种曾经亲近相交然后慢慢延伸成平行线的特别关系，再相见却又很快能找回那种相亲之感，其中滋味是笔墨所难形容的。

退休之后，我开始了旅行的计划，希望每年有至少两次较长时间、较深度的旅行，同时放弃了年轻时一个人出游的习惯，开始加入小团体旅行。这几年的几段旅行，参加的都是十个人左右的团，行程也都在两周左右，仔细地在一个国家或地区不着急地行走。

途中会遇到素昧平生之人，他们常常都是中年夫妻结伴，偶尔遇到跟我一样单身而行的，也大都是与我的年纪和人生状态相近的人。接近中年或已经中年之人旅行的目的会跟年轻时不太一样，与新结识的朋友相处，也有着不同的分寸拿捏和较缓和的节奏。我慢慢地摸索适应。像上了一堂与人相交的人生课。

记得第一回参团旅行时，有位体贴的女游伴婉转地提醒我：晚餐尽量参加吧！不要总一个人在房里。这对我是一个很好的提醒，平日我总是减少晚餐的进食，有健康的理由，也为了争取晚上独处的时间，可阅读可发呆可写稿。在旅途之中依然故我，忘了考虑不出席晚餐可能会让白日同游的伙伴们担心或猜想。直到旅行后段那次被善意地点醒，我才惭愧地想明白这个道理。

旅行真的就像人生的缩影啊，在完全没有计划中结伴，不久后告别。似乎也能在这些经验中，去对照过往与人结识的经验。在旅途中，无论什么年纪的人，都会有接近孩子般雀跃好奇的心情，面对着随之而来的新感受和新刺激，于是一群有着相似情绪的大孩子自然地、快速地交流，在压缩的有限时光中频繁而密集地对照着。

当我们都是带着行李的旅人，彼此招呼、相互扶持，一站一站地过渡，我忽然发现：过往担心自己不容易适应人群，不能适应别人习惯而常态选择孤独行走的我，开始有了被照应的体验和照应别人的能力。这也许是近期旅行带给我最大的学习和成长，我将继续维持每年这样的旅行频率，试着看看中年以后的我还会有什么新的变化。

我去过的孤独荒野

多年前我第一趟去非洲，到了博茨瓦纳，应该是缘分吧！博茨瓦纳位于非洲南部的中心，几乎是非洲内陆最不方便前往的一个地方，因为没有直达航班，最快的方式是先到约翰内斯堡，然后转两次小飞机才能到达旅游地。如果非洲的遥远是一种绮丽的印象，那么博茨瓦纳完全地吻合了那印象。

我在博茨瓦纳待了近十天，换过三个营地，那也是我人生中第一次经历非洲 Safari。先在乔贝国家公园看了几天以象群为主的生态，那里可是世上最大的象群聚集地，象的数量多达十二万头。晨昏在山头遥望象群，见它们成列走上或离开河流，如蚂蚁般，真是一种奇妙的经验。第二站到达奥卡万戈三角洲，在这里住了两个营地。博茨瓦纳境内大部分是沙漠，在这片灼热的焦土上却有一块湿地——奥卡万戈三角洲。因为奥卡万戈河跟别的河流不一样，它不流向大海而流向内陆，才形成这块奇妙的湿地。这里也因此成为非洲生态风貌多样而奇特之地。

这是一片野生荒蛮的环境，顶着烈日，眼前荒野漫漫，看不着目标，生命显得特别孤独和渺小。白日的炙热对比夜晚的荒凉，生活在这里的动物们都有着与自己生物本能相对应的生活方式，人在这里幸好有文明工具的辅助，否则一无所长，会成为食物链里最弱的一环。说到食物链，我去过非洲后有了更深刻的理解和感想。原来食物链这个概念是一种生命的循环，在食物链末端的生物有着强大的繁殖力和微弱的抵抗力，而在食物链顶端那些看似雄壮的动物，令大部分生物恐惧敬畏，却要面对更严厉的生命延续上的考验。生态平衡是一种奇妙的节奏，在残忍的运行表象里却有着造物之神隐藏的约制。如同博茨瓦纳这个国家，一度因为贫穷和艾滋病蔓延受到重重的打击，这些年则因为金矿的发现和经济的崛起，成了非洲内陆一个强大的小国。有一晚，我们欣赏他们的传统表演，当地人随意地拍打身体成节奏，模拟着各种鸟的鸣叫成旋律，学着动物的形体成舞蹈，在歌曲中还穿插着天主教的诗歌，那时我忽然感受到了生活在这一块土地上的人和他们的欢喜与忧伤。

这段美好的旅行中，一直被告诫不可独行、不可离群超过百尺，那是我一直无法忘记的事。入夜后即使站在有保镖保护的帐篷阳台前，在美丽的星空下，听着远近传来的各种兽声虫鸣，人仍然感觉到一种说不出的恐惧。我忽然猜想，《聊斋》般的故事必然也要在脱离人的秩序时才有可能发生，置身于山岭荒野，才有可能启发出那种神奇。美丽星空覆盖下的荒地，因食物链而生机盎然。

非洲应该是一个让生命的孤独感和想象力同时扩张到最大的地方。而在世界各地的旅行中，博茨瓦纳之行让我最为强烈地面对了自己的渺小和孤独。

走进非洲，走出非洲

在过往各类阅读里，电影、美术或文字中，去非洲大都发生在年轻时，晚熟的我却在半百后才踏上非洲大地，自然得赶紧记下。那是自己生命中的某一小段时光，也是未来自己的记忆。

十六天的非洲旅行我带了两本书，一本是在出发前就已经读了三分之一的《新闻的骚动》，另外一本是出发前才买的杨定一博士的《静坐的科学与心灵之旅》。《新闻的骚动》被遗落在赞比亚的营地里。这样也好。书里的描述不断把我拉回人性荒蛮的台湾媒体世界里，让我在面对眼前的非洲景象时一度以为在看大型好莱坞电影。直到书不见了，我才回过神来，确定自己真的在狂野的非洲了。

眼前的非洲即使是冬天，上午十点后仍然开始变得炎热，动物和人都得找阴凉处休息。每天的 Safari 都安排在早晨以及下午，中间有长达五个小时待在营地里，吃着各种食物，白天被这样一分为三。营地经理告诉我们尽量不要在屋外走动，因为这些天大象总是闯进营地，而狮子也总在营地旁不远处休息（虽然它们都吃饱了）。

经过两天只有吃和发呆的午后，我决定开始阅读杨定一博士的《静坐》。旅行前选书是有趣的缘分，以出发前的想象来选书，在旅行途中的阅读却总与预期不太一样。纵然难得有大把时间看书，纵然我放慢速度读着，学习着书中的建议，闭上眼睛，呼吸、静坐……唉！好难，也许是不远处公狮的低吼声，也许是河马的喷水声，也许是疑似大象的脚步声，总之心始终不安静。毕竟，开始读《静坐》时，我已经经历了有生以来首几次的 Safari，每天看到的野生动物可能比平日几年里见到的总和都多，更有趣的是接触了当地的一些人。这里是一个与自己从出生到现在所处世界完全不同的世界，一切都那么不寻常。

旅行回来我第一件想做的事，就是重看《走出非洲》。这是很久以前看过的电影，当时年纪小，才走出校门，涉世不深，看到一种朦胧唯美，此刻已经几乎忘光了，只剩下对海报与主题音乐的记忆。回台北后，我买了一张新版蓝光影碟，安静地重看了一次。电影里故事发生在肯尼亚，而我这趟旅行去的是博茨瓦纳和南非，相距不远。肯尼亚地势平坦辽阔，野生动物非常密集，像畜牧业农场般。博茨瓦纳的三角洲，大都是私人营地，野生动物没那么多，但相对的也较隐秘，没有其他游客，方圆几百公里，只有十来个旅人和一个大服务团队。我在调整时差中看完电影，除了重温非洲美丽的画面和让人难忘的野生动物之外，我以一颗中年的心去重温年轻时的记忆，再次深深地沉浸在故事里，流连在一九二〇年代的非洲。

女主角离开丹麦到肯尼亚安家置产、结婚又分手，然后爱上了一个追求自由、浪迹非洲的游猎男子，这段感情成就了这位女子生命中最美丽的爱情故事。电影中有许多对白让我意犹未尽，也算我非洲旅行之后意外添加的丰富思考，以下几处令我咀嚼再三。

一、男主角用枪声赶跑狮子，救了惊慌失措的女主角。

男：要是我就不跑，你跑它就认为你是好吃的食物。

女：你到底要让它多靠近我？

（当狮子一步步走近时，女主角催促男主角开枪，而男主角瞄准狮子却按兵不动，因为他判断狮子刚吃过早餐。）

男：它要看你是否会跑，它们依此决定是否追，这点挺像人类的。

女：不过，它差点把我当早餐吃了。

男：这不是狮子的错。

二、野外旅行第一晚，男主角讲述自己和马赛人的故事。

“我虽然不晓得科学根据，但我知道在非洲的夜晚，你可以看得比其他地方远，而且这里的星星也特别亮。”

“马赛人非常独特，我们以为我们驯服了他们，其实没有。如果你把他们关入牢里，他们会死。因为他们只活在现在，不想未来，所以他们无法理解有一天可以被释放出来的概念，他们以为这是永久，所以他们会死亡。”

这是一种多么令人羡慕的单纯啊。

三、野外旅行第二晚。

女：你喜欢动物胜过人吗？

男：有时。它们做什么都是全心全意的，每件事都像是第一次。猎食，工作，求偶。只有人类做得最差，只有人类会感到厌倦。他会说：听着，我了解你对我的感觉，你了解我对你的感觉，我们互相了解，所以让我们躺下来开始做吧。

四、男主角对女主角示爱。

男：你毁了我，你知道吗？

女：毁了什么？

男：我的孤独。

看完《走出非洲》我才觉得我的第一次非洲假期结束了，而第二次非洲行也酝酿起来了。

摩洛哥：多情的旅人

不用怀疑，旅行的收获一定是心灵上的，可以激发我们思考，调整我们的感受。这一切虽然是无形的，却深深注入我们心中脑里，如同一本可随身查阅的书，供我们在许多日后的时光里浏览和对照。它不知不觉成了身体的一部分，散发在自己的语言、行为和思想中。

然而旅行者归来时，除了满满的感想和风尘仆仆的心以外，有谁真的可以不带回一点具象的物件？也许世上真的有这么纯粹的旅人，但我不是。

我几乎从不空手，或多或少，总有一些可以借以记忆的物件放在回程的行囊里。带回的都是既可以对照旅行之地的感想，也可以放入日常生活之物，不会是纯粹的纪念品。我喜欢回想，但不喜欢纪念。我把旅行当成生活的一部分，旅行所获自然也是之后平日生活的一部分。最简单的物件可能是美术馆买来的一本书、街头买的一张明信片。若心情激动，不慎买多了，往往会在机场缴超重行李账单时，痛恨自己的多情。

刘若英会在旅行时搬不知名画家的画作回家，然后愁苦地考虑如何搬进楼梯搬上楼。我不止一次十分严肃地告诉她：旅行中买画都是旅途时的浪漫感想所致，虽然那些画可以让你带回旅行的记忆，变成一个放在家中通往旅行记忆的实体窗口，但回了家就是过日子，从收藏和投资的角度思考，这经常都是不理性的行为。这话我说得心虚，她也从不放在心上，各自依旧凭着心中的感受去旅行。

~

最近去了摩洛哥。出发前我做过一轮功课，标出不能错过的人、事、物、景，满满一本笔记。不过，计划外的故事一样发生了。

旅行途中，一路在微信与脸书上分享，一位朋友问我：如果在摩洛哥只允许自己买一件东西，你会挑什么？我想了很久不敢回答。摩洛哥的确是一个物产丰盛、面貌多元的国家，再加上这个古老的国度一直没有大灾与战事，因此处处都保留着多彩、完整的古物，历史文化风情仍延续在当今生活中，自然是有太多让人多看几眼便想留作收藏的物件。这是一个很难回答的问题。我这样回复：你问得太迟了，我已经买了太多我觉得非买不可的东西！

真的，在摩洛哥，我就一直失控地忍不住买东西。理性不停地告诉自己小心冲动，感性又不断告诉自己错过可惜。交战下来常常是感性赢过理性。经过认真地理性思考，隔天，我很诚心地回答了那位朋友的问题：只买一样的话，我会挑选摩洛哥坚果油（Argan Oil）。毕竟它是摩洛哥才有的坚果。而且目前萃取过程仍采用纯手工处理，至今依赖生产区 Berber 族妇女亲手一粒一粒费时地完成，特别需要巧思与力气去剥掉第一道坚硬果壳，取出易受伤的果核。

摩洛哥坚果油成了我此行首选，还有一个原因。我们翻越阿特拉斯山脉途中，经过一个山谷小村，寻找卫生间时，找到了一处只有三四家小店的休息站。我发现其中一间商店门前撒满了如小贝壳般的坚果壳，一问才知这就是久仰大名的 Argan 果。我自然顺势入店探访，意外得知摩洛哥坚果油的生产还支持着一个组织，UCFA。原来这是一个支持摩洛哥女性经济独立，让她们与孩子得到教育机会的组织，它帮助着身处偏远地区生产摩洛哥坚果油的妇女们。这个概念非常打动我，我一直相信先让女性与孩童得到教育，是让世界变得更好的方式。

旅行中，人总会在一种时而兴奋、时而疲惫的陌生情绪中起伏。这样的情绪起伏会延伸出一种浪漫的状态。浪漫需要通过购物来证实。这一趟，我因为浪漫情绪发展出各种充分的购物理由，买了摩洛哥坚果油，也买了其他浪漫的物件。

来摩洛哥之前就知道，在阿拉伯国家，编织美学无所不在。那些建筑物表面上编排的马赛克，就是一种编织概念文化的呈现。当代艺术中也有以照片编织、金属编织成名于世的阿拉伯艺术家。其实我们在看阿拉伯文字写成的文章时，就像看到一幅充满伊斯兰情调的繁复编织图案。编织软物也一直是他们生活里的必需物件，无论生活在深山还是城市，甚至是沙漠里的穆斯林，家里总是布满了美丽的地毯、挂毯、窗帘等编织物。不同的伊斯兰国家，强调着本民族地毯的独特性：土耳其强调的是工艺最复杂精细，波斯地毯是细腻堆砌风格，而摩洛哥地毯，我认为是用色风格最多元大胆、也最多变的！

途经古城菲斯时，应我的要求，导游带我们去了当地最高档的地毯店。店家隐藏在闻名于世的最古老的巷子里。外头是喧嚷的市集，一进店则是个宽敞高大、马赛克高柱四立的传统摩洛哥宅子，看得出是个大户人家。店东热情地招待我们，让几位穿着传统服袍的大汉轮番扛出许多地毯，让我们目不暇接。

店东是个口才极好的摩洛哥人。他用流利的英文跟我们交谈，一一讲解每张地毯，并且拿出许多美术馆参考书，从形式到用色上解说这些摩洛哥地毯的美术风格。地毯出自不同的Berber族妇女之手，是不同手艺与审美的结晶。那真是一场美的视觉考验，看着各种热情外露的表现主义织物，很容易眼花缭乱。经过一个多小时的浏览，我选择了一张最朴素的、几乎无染色的、编法也最粗犷的毯子。我想这张毯子的极简并不是随潮流，而是在这个国度里，Berber族因为部落所在的地理环境不同，与生活环境对照出了不同的审美。就像物质丰盛的地域能编出繁复多彩的织物，干燥艰苦的山区编织的则是朴素耐用的毯子。我挑选的那张乳白色地毯，几乎是原始素材未经染整的本色，羊毛只经梳理，几道简单的黑线穿梭其中，刚硬外露，粗犷中却见坚强任性的编织者之灵魂，完全不是印象中摩洛哥给人的想象，我如获至宝。店东告诉我：这一支Berber族人平日生活里，就穿着白色袍子，男女都一样，只在裁剪和边缘的修饰上有点差异。

后来我在YSL圣罗兰*花园里的Berber族博物馆看到了相关展示，那些织物充满了修道院才有的自律压抑风格。这让我对Berber族的多元美学有了更多的好奇。参观完博物馆后，我买了相关的书，一路看。所谓文化，应该以时间演进、地理变化去对照人们的生活。摩洛哥Berber族人身处不同的地理环境，又分别与犹太人以及南方不同族群的非洲人接触融合，因此才能呈现出这么多样的生活美学，并且仍在不停地演化中。他们是包容性非常强的人群。

~

在买地毯的过程中，除了多彩的地毯引我注意以外，那群身着传统摩洛哥袍的服务人员，也让我赞叹。一开始这群中年员工两人一组，沉默、卖力地搬着沉重的地毯，扛进扛出、摊开收起，动作麻利，绝不多话。待我们选定地毯，他们展开了一项让我佩服的功夫：迅速把地毯压折成最小体积，以一块粗坯布包裹，然后以粗针引尼龙线，快速地把粗坯布缝制成可手提的地毯袋，像有着传统手艺的老艺人般，让我不禁相信这肯定是个人人都有手艺的古国。

获物之旅还没结束。整趟摩洛哥之行，最意外与惊喜的物件，是最后一天在马拉喀什的一家古董店里买到的。这里有许多来摩洛哥的观光客都爱买的老物件：华丽的老器物、古拙的老绣片，各式各样琳琅满目，很能满足观光客的猎奇心态。同行的朋友一路在寻找又大又圆润的蜜蜡项链，到这家店才找到，直说稀有。对于超载行李的忧心，令我本无意再买任何东西，却在看到放满老银饰的柜子里那一串由数百个小红珊瑚串成的多环项链时，心防瓦解。几个店员都无法说明这条项链有多久历史，穿着西装打着英式领结的七十岁创店老板告诉我：这项链在收入店里之前已经用了几代人了，因为红珊瑚要慢慢累积才能串成这么一大串。他还告诉我，项链来自住在撒哈拉沙漠的 Berber 族。那里的女人喜欢把沙漠中不容易找到的红珊瑚当作饰物，将这些易碎的红珊瑚串联起来的工艺是困难的，且东西稀少不常收得到，偌大的店里只有这一串。我对红珊瑚从来没有任何的迷恋，不过得知这串项链来自沙漠，倒让我产生了兴致。我笑说沙漠怎么可能有红珊瑚？这位老人很严肃地看着我，用慎重的表情告诉我：撒哈拉沙漠曾经是海洋！

旅行中的获物除了可负载一段行程的情感，也考验着你的体力。回程，为了不让行李超重太多，我决定把美术馆买来的七本精装书手提上机。上下机的过程扛得我汗流浃背。只是千算万算，没料到在伊斯坦布尔过境转机时，休息室和登机口却是一南一北，登机时需横跨整个机场。当我手里拎着书，背着刚在伊斯坦布尔买到的 Saz 琴，步履蹒跚不得不请辆车代步时，我又开始痛定思痛，检讨起旅行获得之物的意义。

* 伊夫·圣罗兰，法国奢侈品牌圣罗兰（YSL）的创始人。（本书注释均为编注）

旧梦重温

从摩洛哥回来，一面收拾行李，一面慢慢地整理着从远方带回的战利品，安静地回忆着这一段旅行。每次旅行归来，整理行李都是件又辛苦又珍贵的事。在时差导致的半梦半醒间，回到平日的生活场景，然而回忆都还清晰，一切景象都还像在眼前，触摸得到。那些旅途中带回来的东西，都真真实实地摊在现实的家中，时空交错、虚实互照。

我把行李箱里的东西整理出来，用回常态生活中的分类管理方法，把新物、旧物一一归放在沿袭的秩序里，同时也在暗示自己回到现实中。出发之前带去的随身物品，很快就找到了原先的位置。其中有本计划沿途阅读的小说《追忆似水年华：在斯万家这边》，书才看一半已染上旅途风霜，旧了不少。把它放回书架时无意中发现了一本《Moroccan Interiors》，一九九六年买的，怎么出发前都没看到？这本远在我去摩洛哥前——大约二十年前——就买了的精装摩洛哥画册，怎么我完全忘记了？怪不得在那里一路游走总觉得有些似曾相识之感。当时收入微薄的我怎么舍得买一本精装的全彩书呢？忽然感觉跟二十年前的自己又相逢了。

于是我倚着书架翻开那本书，看了大半个下午，忘了整理行李箱的事。书里介绍了摩洛哥几个城市的许多特色建筑，所提及的大部分城市我都已经去过。可惜我去的大都是景点和公共区域，无法如书中那么深入地进到私人建筑，感受生活在那里的人的室内装修。那里有许多外国人的房子，这不禁让我想起在马拉喀什时最惊艳难忘的圣罗兰花园！一面翻着书，一面回想着途中遇到的大大小小的惊奇与惊喜，该如何形容摩洛哥呢？虽然我这是头一次去，却因为那么多年前看过的一本书，一直有着梦中见过的感觉。

那繁复而美丽的马赛克瓷砖，原来是有意义的，并非装饰的图案而已。原来有那么多的元内容，包含历史、信仰、文学、美学等等，一切都只有到了那里，真真实实地站在它们面前才能感受得到。而这个世界上所有你觉得美丽的图案，所有能打动你的画面，都必然有它的前因，只有当你以实体的自己去面对实体的它们时，才会明白。

这次去摩洛哥，还有一部分原因：这两年看了几部关于圣罗兰的电影和纪录片，因而对那里产生了好奇。旅行结束后我更加意识到，美好的创意，除了倚赖创作者本身的创作力之外，还需要有一股外在的力量去推动与刺激它。所有美好的艺术，都由观察、了解延伸而成。我相信，推动圣罗兰在服装艺术上有所创作的，摩洛哥 Berber 族的生活美学绝对是一个重要的外因。

Berber 族应该是世界上对于穿着最浪漫的民族吧！在这个四季色彩丰富的国度里，看到 Berber 族女人身上的饰物，领口与胸前的绣片，男人脚上的彩色尖头拖鞋，素雅的长袍头巾，我几乎认为，所有依顺大自然而生的生活美学，早已长久影响了世界上各角落许多人的审美观。总是在遇到了之后才知道，原来自己有一部分的梦在这里。摩洛哥就是一个远方的旧梦。

日本：减法之美

第一次去日本旅行已经是三十年前的事了。这三十年来，我经常借着工作或休假，去日本挑一个城市度过。

印象中的日本总是让我觉得冷，可能是来自比较吧，我总是从气温比较高的城市飞到那里去。另外一个印象，日本大部分地方的空气都非常好，比台北的好，当然也比北京的好。还有，就是吃的印象，无论是顶级的米其林餐厅或是小餐馆，在日本总可以吃到合我口味的食物。慢慢我才明白，他们的食物之所以好吃，是因为许多吃的体验，都在引导我去感受属于食材本身的滋味，而非调料的加法刺激。这是一种很日式的美学启蒙。

台湾人喜欢去日本，似乎带着一种精神上的美化和崇拜情绪，这是我每月定期住在北京多年后才发现的。这几年北京的朋友也越来越喜欢去日本旅行了，虽然欣赏之情相近，表现出来的情感却不太一样。台湾人去日本旅游是因着长年累积出来的情感；而我北京的朋友旅游日本，更多是高端旅游消费，精确神速。例如纯米其林餐厅之旅，纯枫叶、纯樱花之旅，或者纯艺术之旅。

然而，我还是怀念自己像个背包族时的日本旅行经验。记忆里，日本有太多吸引我的地方，不是来自人云亦云的包装，更多是来自自己的体会。台湾在生活文化和流行美学上模仿日本多年，其实有一种空虚感。就像这些年来台北许多人家的院子里都可以看到樱花，遇到花开，拍了照晒在脸书上，就像假装去了日本一样。不过，我们都知道，原生的美感是别处不能复制的。

说起樱花，我永远记得几次非刻意却难忘的相遇体验，在六本木公园、青山灵园附近和上野。虽然我也曾在别的城市见过更盛大的樱花开放，但樱花在日本已经不仅仅是风景，更是一种一年一回的仪式了。日本人的仪式感，我只是欣赏却从不想模仿，毕竟那是别人的仪式，而每个人心中都有属于自己的仪式或属于自己的民族美学。

在日本旅行，属于我的仪式，就是静静地站在远处观看，带着欣赏和佩服之心，感受他们的感受。

早年在日本我常去各家唱片行，常找各种小型电影祭，常去不同书店，现在则常去上野国立西洋美术馆。审美品位独到且擅长分析整理的日本，能提供我机会，从不同角度再阅读一次听过的音乐、看过的电影，发现遗漏掉的好作品。如果你也是西洋艺术爱好者，千万别错过上野西洋美术馆，那里的收藏虽然不如卢浮宫、大都会博物馆丰富，但有许多未被过度解读的西方印象派、古典绘画的精品，值得自己阅读。入口处的罗丹《沉思者》就是杰作。

在日本旅行，最重要的是发现。刨掉各类外界加诸的美丽说法，如果你愿意欣赏与理解生活在这里的人们真实的心意，慢慢体会，乐趣更多。那些精美的高大上的包装，如寿司之神和草间弥生的大南瓜，种种朝拜名牌标签式的旅行，已经无法打动我了。我还是喜欢自在原生的风景，所以常常在东京都里挑 JR 线的某一站下车，没有目的地去逛。穿行在住宅区的小巷弄里，看见没有打扮只在巷弄走动的人们，如原生植物般不矫饰地存在着，就像川久保玲的衣服。终于知道她创作上最常利用的解构，原来都来自原生的美感。跟日式美学有多么直接的关系。

在日本，减法才是最美、最高级的旅行方式。

记忆坐标

跟大部分台湾人一样，日本是我最频繁选择的旅游地。我总去东京，像去某座熟悉的城市度周末，都称不上旅游，只算小休息吧。

纬度关系，东京总比台北冷上几度。根据过往待在东京的经验，我会在出门前多备一两件厚衣服，下了飞机就可以穿上。这次是少有的从北京飞，依旧是过一个周末，周一返回台北。到了东京，一出机舱却如此暖和。过往我总觉得东京人不怕冷，特别是孩子，再冷的冬天他们都穿着短裤上街，红红的苹果脸十分无邪无惧。这回是另一局面，这是我第一次在东京行走时，发现自己穿得比别人少。不晓得是东京人开始怕冷了，还是我对抗寒冷已经有了一套功力。

年轻的时候每年总要来几趟东京，觉得这里有看不完的好东西、吃不完的好吃食物。二十多年前的台湾，经济刚刚起飞，终于有点实力勉强在日本消费，虽然东京物价贵得咂舌，还是觉得花钱吸取一些新的经验总是值得的。孤芳自赏的东京，美术设计弥漫的东京，投币贩售机满城的东京，擅长用暧昧表达暧昧的东京……总觉得每隔几月来东京充电是必须的。后来慢慢地，台湾的广告、电视节目，甚至流行歌曲的歌词文法，一一借鉴日本，再汉化成台湾的气氛。拿来主义的影响，深深地注入了九十年代末台湾流行文化的血液里。台北街头的时尚以东洋风与ABC分庭抗礼，如同今日首尔，为自己虚拟一种纽约的Hip-hop黑人气氛。在封闭的向往中，一切是如此单纯、快速和孤独，除非有变数闯入。

对我来说，最大的变数是选择了两城生活。不是东京、不是洛杉矶、不是温哥华，而是北京与台北。十二年前搬到北京，展开了每个月北京、台北各住一半的节奏，生活与思考都有了全新的刺激。东京的影响相对减少，那儿成了一座我熟悉而喜爱的休闲城市。当我开始用生活于北京的角度去看待台北与东京，同时也以生活在台北的视野去看待东京与北京时，明白了一些事情。曾经仰慕日本的心态缓缓而止。这并非好与不好、利害权衡的问题，而是我终于意识到自己原本是什么了。那些因仰慕而学习来的，都是一种精进的本领，但是我们不可能变成他们，只能欣赏和感谢他们曾经给予的养分，然后，继续站在自己的位置改善自己的生活，领略自己的生命。每回在台北遇见严谨地保持着日式风格的中年人，或在北京遇见装扮成韩流的少男少女们，无论他们如何无瑕疵且及时地把仰慕的风景包裹于外，融入口头语和手势之中，我仍相信在他们内心最隐秘处，他们会告诉自己“我是谁”。再热血也还是要回视自己，就算虚拟已经成为主流美学。

这回东京的周末，依然十分愉快。总觉得东京的东西不再那么昂贵了，可能是在北京生活久了，或许是日币跌了。节日前的东京如台北般，所有的喧哗都有着扮演的嫌疑。如同再穷的元旦，台北 101 与高雄广场前，都得想办法找钱点燃烟花。只有人们心中知道要依旧小心翼翼地生活，等待着经济的寒冬过去。

其实今年冬天最深刻的东京印象，是处处开着的红色茶花。当我走在东京的巷弄间，总会在许多人家的庭院间看到。茶花似乎成了此行的记忆标签。气象报告上，北海道与大阪已经大雪。东京仍温暖如秋，枫红、杏黄仍在，茶花仍盛开，伴着我从市中心一路去往成田机场。回到台北，只见仁爱路上有几株山茶树，开着颜色一模一样的花朵。

莫斯科的第一天

到莫斯科的第一个下午，是个让人觉得离黑夜不远的阴沉天气。我也莫名地带着对于俄罗斯一直以来的阴影：应该都是成长过程中别人告诉我的俄罗斯、苏联、斯大林或普京等等语汇中暗示着的变化难测，如同这天气。我们的车长驱直入到克里姆林宫前的五星级饭店，我立马就忘了那阴影，因为大堂里挤满了来自中国的游客，说着我听得懂的各种华语方言。他们一下子就把场面弄热闹了，颇有拨云见日之感。

放妥行李，仔细看看房间，接下来第一个动作就是走到窗前，远眺这个阴天的城市，看看离我最近的莫斯科一角。放眼望去都是斯大林时期的建筑，外观特别严肃，果然气场十足。似乎都是学校、医院和公家机关，只有工作气氛，没有生活气息。低头看看楼下不远处，围着一群穿白袍的年轻男女，安静地抽烟。这是我第一次远远地观察一群俄罗斯人，有种置身谍报片中的感觉。他们年龄都很小，静静地抽着烟，低声地说着话，有北欧人的身材和冷静、清新的气质。他们清洗了我刚刚在酒店大堂沾染的喧哗，我几乎闻得到他们的烟味，却看不清他们的脸。

我总忍不住对人好奇，想看清楚别人眼珠的颜色，或是手指的样子。任何人都可能引起我的好奇，来填满我对世界的想象。在远方阅读过那么多关于俄罗斯的文章、电影、新闻、音乐,而这里的人只有进入他们的国度才可以近近地看到。看天色，可能要下雨，我还是决定带把伞到街上去探索，满足我的好奇。

走出酒店,隔着大街看克里姆林宫,旅游介绍上壮阔的建筑,此刻也落入了平凡的人间，如同迎面而来的俄罗斯人。一直以来，我喜欢在异国的街道上认真地看人，如果不唐突我会拿起手机拍他们。在莫斯科的街道上,大多是年轻人,他们表情严肃,几乎都没有笑容，但是依然十分好看。我发现这里身材瘦高的人不少，看似欧洲的金发白种人，其实还是有些差异的。有些人有着近似亚洲人的眼睛、褐色的头发,略带神秘而迷惘的气息。人群间偶尔会看到十足的亚洲脸孔，细看会发现，他们身材略显壮大，圆形脸似蒙古族。(后来导游告诉我，是卡尔梅克人。)我以酒店为核心，沿着大街行走，渐渐察觉到在红场不远处是大学园区，怪不得见到的都是年轻人。

校园面向街道的小广场大树林立，中心立着铜像。此后两周的俄罗斯旅程中，无论大城小镇，只要是人群聚合地，几乎都可见铜像矗立，大多是政治领袖的全身铜像，校园里的则是在学术、文艺上有贡献的人或建校的人。这让我这个曾生活在铜像林立时代的人感触蛮多。记忆中，铜像从未影响过我，只是在过往存在，忽然全都消失，然后又被少数人拖回去嘲弄一番，当泄愤工具。这半个世纪，铜像在台湾，也够写一页波涛汹涌的沧桑史了。站在改朝换代后铜像仍立在街头的异国，我想起了罗马，忽然明白了造像从艺术到宗教到政治再到商业的意义变换。造像是传递讯息、表达观点最直接也最长久的方法之一，只是当时代改变了判断，街头的铜像也随之变成时代的记号，是一种怀旧情调，非常莫斯科。

我穿过行人不多、安静且干净的街道，经过了莫斯科音乐学院，又走过了刚硬的老建筑上超大的彩色屏幕，巨幕中的音乐家在拉着胡琴……街上的咖啡厅亮起了灯。此时天光忽然大亮，阴沉沉的云露出缝隙，金黄色的阳光洒进整条街道，照在柴可夫斯基铜像上，金光闪闪美极了！

芭蕾舞记

从莫斯科前往圣彼得堡，我们搭乘的是俄罗斯境内唯一一段高铁。不到四个小时的车程，列车带我们快速地浏览了俄罗斯西北部的风景。许多资料说，半世纪以来俄罗斯一直在努力发展交通系统，却面临严峻气候、北方冻土，以及脆弱生态的考验，因而进度缓慢。高铁至今只有这么一段。

导游说起上个夏天与朋友在西伯利亚开车旅行的经验，让我想起了李健那首《贝加尔湖畔》。我也听喜欢观鸟的朋友说过，世界上美丽的候鸟群大多来自西伯利亚。因此我对西伯利亚的想象都是：草原、树林、湖泊、飞鸟，与悲伤的男人。读过的很多关于放逐的故事都发生在俄罗斯的原野上。在俄罗斯历史中，因为各种政治原因，多少知识分子或异见人士的最终命运，是从莫斯科或圣彼得堡被放逐到西伯利亚，在孤寂与绝望的文学描述中，那则是风光异常美丽的长路。这种神秘与悲伤的气息影响了我。行进在这段路上，我幽幽地浸染着阅读过的世事沧桑情绪。一路上看着远方散布的众多湖泊，北方的阴云不时透露出蓝天和阳光的讯息，白桦树上叶子脱落，露出秃枝，所见种种都是可以写成歌的情境，我忽然也诗意善感起来了。

于是决定找些适合的音乐陪伴我。不知为什么音乐网站把我导向了芭芭拉·史翠珊的最新专辑《Encore: Movie Partners Sing Broadway》，第一首《At the Ballet》就把我融化了。我几乎忘了这首歌在多年前听过，是音乐剧《歌舞线上》的插曲。我还依稀记得剧里的画面，几位女角在面试时各自讲述了自己学习芭蕾舞的往事，而It's beautiful in ballet（美好在芭蕾舞的世界里）是她们选择芭蕾的共同理由。今天要抵达的圣彼得堡，最出名的就是芭蕾舞了。

芭蕾舞的世界真是美好！这是我第一次正式地观看芭蕾舞剧。以前都是观赏片段的表演，或是透过视频影像阅读。这次是在现场观赏全剧，那是百人合作完成的表演，是准确与失误都可即时观察到、观众与表演者同呼吸的体验。我几乎要屏住呼吸才能投入这脆弱到几乎像虚拟的美丽世界。

第一出芭蕾舞剧《睡美人》让我有些失望，当然跟我从小就对这个单薄的故事缺乏好感有关。整出剧就靠柴可夫斯基的音乐努力地填满，舞蹈并没有打动我。

第二出是歌剧《尤金·奥涅金》，也是柴可夫斯基的作品，这是一场让我赞叹不已的精彩演出。柴可夫斯基根据普希金的诗体小说改编而成，保留了部分诗句当唱词。事前我没有做太多仔细研究，纯粹欣赏，已经觉得音乐太美了。最意外的是，我看的这场是新版，舞美太震撼了。这出三幕歌剧有四个场景；第一场从天花板到地板到所有人物的着装都是白色；第四场，场景一部分一部分地渐渐转成全黑色。剧里加入了大量当代剧场的概念和表现手法：例如，一道水从布景天花板泻下，兜头往唱着悲戚歌曲的主角身上浇，尤金·奥涅金以数把利刀射在自己四周表示悔意与孤绝。除了音乐和演唱，舞美和表演者形体上的变化也都让我惊叹，看完仍回味不断。

很幸运，第三出芭蕾舞剧《舞姬》也看得我拍手叫好！这是圣彼得堡首席舞星洛帕金娜首次担纲主角那年也表演过的芭蕾名剧。音乐作者路德维希·明库斯是捷克血统的奥地利作曲家，很长时间里住在圣彼得堡为芭蕾舞剧创作。这出以印度为背景的芭蕾舞剧，无论在音乐上还是舞美上都充满了异国的奇想。两位女舞者的舞姿真美啊！她们以精湛的舞艺演绎出一对情敌同时落入爱的困境里的纠缠！回台之后，我看了关于洛帕金娜的纪录片《尤金娜·洛帕金娜，俄罗斯之星》，得知现今的芭蕾舞已经融入了大量的当代舞蹈元素。传统艺术需要与时俱进，不停调整，才可以把过往的美学传递给新时代的人或不同区域、不同文化的人，芭蕾舞如此，京剧、歌仔戏也不例外。纪录片里洛帕金娜说，芭蕾伶娜必须忘记同业或喜欢你的人给你的赞美，并在旧的剧目里找到新的感动，才有可能往前走。所有的艺术创作都是如此啊！要用一辈子的时间去追求和不断进步，才有可能不朽。

在圣彼得堡的几天里，我常想起普希金的一句诗：没有幸福，只有自由和平静。我中年之后，才明白。

当我以为知道很多的时候

运气不错，我这次到俄罗斯旅行遇到两位颇优秀的导游。一位是学习文物修复的莫斯科成熟女士，另一位是在北京待过一年、主修中文的圣彼得堡年轻姑娘。前者的中文略带台湾文法，后者的则是北京用语。每个国家都有首都与大都市之间的瑜亮情结：莫斯科女士客气地表示吃不惯圣彼得堡的酸面包，因其做法不够符合俄式传统；圣彼得堡姑娘也谦逊地表示她的家乡并非大都市，但是文化之丰富更胜莫斯科。

这位圣彼得堡的年轻姑娘，因为中文名字中有个“雪”字，我私下称她为“小雪姑娘”。我好奇地问她大学选择中文的原因，她细说从头，说起了俄罗斯的大学制度。科系招生只考两科相关课业，她因为没想好选哪个科系，除了数学较弱不参与，其余皆考，一副学霸姿态。果然因此有了许多选择的权利。学中文，很大一部分的原因是好奇。没想到学成后，中文成了目前俄罗斯职场最热门的专业之一。据统计，圣彼得堡每年有六百万的游客，其中超过两百万来自中国。在这旺季刚过的入秋时节，在旅客渐少的圣彼得堡街头，仍处处见得着说华语的游客。

无论是看表演还是参观博物馆，在圣彼得堡似乎永远都会嫌时间不够。一天内看得太多不能消化，看少了又觉得浪费此行。为了避免这种遗憾，我足足待了一周。除了去几家著名餐厅吃东西外，时间都花在看古迹、看表演、看艺术品上了。虽然早已经知道圣彼得堡是文化之都，真到此地，还是对这个“北方之都”能够拥有这么大量的艺术品感到吃惊！冬宫的印象派与古典绘画收藏，完全不输给奥赛美术馆。小雪号称：如果要看遍冬宫的收藏品，就算在每一件艺术品前面只看一分钟，每天看足八小时，也得看个十多年。难怪冬宫是世界四大博物馆之一，果然名不虚传。

俄罗斯美术也是我此行的目的之一，就算我在圣彼得堡待足七天，三进冬宫，时间还是显得局促，只能选择看我较有兴趣的法国印象派，以及十七世纪意大利与荷兰的古典艺术。这座城市的兴建起自彼得大帝对于欧化的努力，连带积累了许多来自欧洲各国的艺术品收藏。而十九世纪法国印象派兴起时的作品收藏并非来自皇室，是两位莫斯科商人在印象派尚未被重视前凭个人喜好大量收藏的，使得今日冬宫印象派的收藏精品足与大都会和奥赛相比，甚至更胜一筹。其中数件艺术品都可算是艺术家的代表作，特别是马蒂斯的那两件大画。

常在书本上看到这两件作品，这会儿真在眼前时，忽而生出一个感想：艺术家未被关注时的摸索创作与他被理解、被支持时的创作，常常呈现出两种气息——自言自语的自信和放胆无惧的自信。马蒂斯的《舞者》与《乐者》这两件大作品，肯定是他知道作品将被收藏而放胆创作的。其实无论是试探摸索还是放胆创作，对艺术家来说作品都有其必然的价值。对于阅读者来说更是充满了主动与被动的阅读乐趣。艺术创作不只记载着创作的时代与思想，更多的其实是艺术家都未必想得清楚却超越时代的想象。

临别时，小雪姑娘说了一句话："在圣彼得堡待三天，你会以为知道很多；在圣彼得堡待三个月，你会发现自己知道的其实不多；当你住在圣彼得堡三年，你才知道自己什么都不知道！"这句耐人寻味的话，出自一个年轻自信的圣彼得堡姑娘之口。

眼泪手枪

还记得上回离开荷兰，是个阴天。我在机场休息室遥望着阿姆斯特丹，心想不知道什么时候还能再来，但愿此去无恙。

那一趟，是借着去南美洲中途过境的机会来到阿姆斯特丹，行程紧张，两天只看了两个美术馆。而美术馆以外的阿姆斯特丹,也只有早晚几小时在河道边散步时看了几眼。没想到一年后，竟又专程来到荷兰，真是一个美好的意外。

缘起两个月前，有位在荷兰留学近十年的朋友，最近返回中国工作。他邀我去参加荷兰埃因霍芬设计学院（Design Academy Eindhoven）的毕业展和埃因霍芬设计周。

不知什么原因，我几乎毫不犹豫就答应了。虽然前一个月刚从俄罗斯回来，再隔一个半月又要动身去南极，照理讲这段日子是没有空闲时间也不应该出门的。也许是那一天在机场对荷兰依依不舍的心情返照吧，要不就是老天还有什么安排，只是此刻我还不知道，反正我答应了。然后匆匆忙忙挪出一周的时间来。

荷兰最吸引我的从来不是奢华或时尚，而是这个国度思考未来的态度。从年年不断发表的实用设计到实验作品，我特别喜欢他们老老实实地在生活里思考未来的态度，有一种很务实的生命感。他们喜欢住在传统的旧房子里，或者建造一座外观朴素却实践着新观点的房子。一直以来，他们走的路与中国、美国的“土豪”式表现主义不同，与日韩矫情的低调也不同。

这样的生活态度，让我每次到荷兰都像上课一样。上一回来，选择了去美术馆，上了饱饱的古典艺术史课，关于黄金时代的美术史。这次我则扎实地面向现在与未来主题，看看当下生活中的荷兰。

到埃因霍芬那天已是黄昏，我立刻感受到了此地不一样的气场。从简便利落、逻辑清晰、不豪华却实用的车站走出，发觉这是个充满年轻人的小城市，像极了一座建筑在老城里的大学城！这是个十几年来都以设计闻名于世的新“地标”，全世界向往新观念设计发展的年轻人都争相进入埃因霍芬设计学院。我看到各种肤色的年轻人，朴素而自由，有着某种展翅前不躁动的秩序。

隔天的毕业展果然惊着我了。学院的毕业展已经发展成一个颇具规模的专业展览，是收门票的，但绝非我们常见的虚张声势。我到达时已经是展览第三天，开展时间未到，门前已大排长龙，看来都是来自各国的设计同业或厂商。展出的毕业生作品不仅仅是美美的设计而已，更多的是面对这个时代和未来的设计方案，解决问题并创造新的思维。这是学校一直以来给予学生的思考方向与精神。借毕业作品展的平台，让刚刚学成还没有商业压力的年轻人，为自己看到的世界，提供一个既有观点又有实践可能的方案。这也让我在看腻了现今亚洲处处以美工造句充当文化创意的困局后，似乎找到了一个可能的出路。

因为展内讯息量太大、面向也太广，我几乎用了一天的时间，直到筋疲力尽才略略看完。有太多超出我想象的作品，还待花时间去思考与再解读。

一位来自台湾的姑娘设计的《眼泪手枪》，就让我回味不已。设计动机来自她在设计学院学习的过程，总被老师和同学质问“哭有什么用”。她最终用一个作品回应，作品本身也是一个观点的论述。《眼泪手枪》也许没有太多商业价值，但这也是埃因霍芬设计学院最让我敬佩的地方，在这里受过训练的年轻人，思考的更多是人性与社会的关系。这里还有一个我觉得很新概念的科系——Social Design，似乎又一次表明了设计不是美编的态度。

另一件让我记忆深刻的作品：一个帮助孕妇对自己做健康管理的检测系统。作品用了巧克力和各种香气来分类，供孕妇以较感性的方式去理解自己的身体状况，充满了同理心。

还有一位来自杭州的小伙子，他从一个新角度设计了新闻网页的阅读方式。在他设计的浏览程序里，我们可以透过自己掌握的语言，去阅读异国民众对本地新闻的反应。展示期间网页设定在大陆新闻网站，迎面而来的留言可是新闻另一面的大千世界，如同这几年流行的弹幕所造成的娱乐新效果。网络世界带给我们便利，也带给我们过多的虚假讯息和无意义的骚扰，这时，反而从阅读者的反应才看得到人心真实的面貌。

隔天，设计周的业内设计展览更是琳琅满目，这里有即将面市的新作品，和少数等待资金青睐发展成商品的创作。我最喜欢的是在厂商展览馆外一侧，飞利浦旧办公楼里的设计协会展览，展览作品全出自这一年得到设计协会支持的荷兰艺术家或设计师们，他们不受现实与资金的约束，设计也多天马行空。例如气味记忆的使用与整理、透明建筑材料的开发使用（香奈儿阿姆斯特丹店的门面已经采用，如同一座水晶城堡）。最神奇也最让我喜爱的是一件以细线松散编织的作品。将它置于室外，铺上薄薄的泥土，任其自由生长出野草，时间一到，拨开泥土把细线编织物拔起翻身，可以看见绿草的根早已密密麻麻地填充了编织物，变成了一张厚实的有机草地毯！这是个技术门槛低但设计观念高级的作品，让我至今难忘。设计应该是一种深刻的创造，而不是加码的造句。

这是我第一次超吸收量的旅程。从阿姆斯特丹机场离开时，同样是阴天，我心里想的还是一样：不知道什么时候能再来，但愿此去无恙。

南极，初去天涯

去南极的决定是在非洲做的。

三年前在博茨瓦纳旅行时，与一位游历丰富的长者聊天，提起在他护照盖满八十几个国家入境章的经验里，若是让他选择一次最难忘的旅行，或者还想再去一次的地方，会是哪里，他说没有第二个选择，只有南极。不是因为南极有何诱人食物，或是传奇文明，只有一个简单的理由："那里几乎不是人间。"起初我没明白，以为那只是形容"美丽"的惊叹。经他仔细地分享才略略明白：几乎所有的旅行，我们都可以把经历与感受相互串联起来，因为它们都属于地球的一部分；南极却似乎与你去过的任何地方都无关，它不在人间范畴，仿佛不属于地球，它是独立的、绝对的、不可重复的。我记得当时还问他："那北极呢？"他说："同样冰天雪地，却有着不同的气息，你去了就知道！"

那天以后，我决定去南极。

去南极大概是我的个人旅行史中走得最远的一次。远到我不敢回想自己是如何抵达那里又如何回到家中的。那是一段非常漫长的过程，前后三十多个小时只是到布宜诺斯艾利斯，从布宜诺斯艾利斯飞到乌斯怀亚还需四小时。乌斯怀亚是阿根廷最南边的一个小港口，所有要去往南极半岛的船都从这里出发。穿过西风带到达南极半岛，一般需要近两天时间。整个算起来，单程也要五天，才有可能抵达南极。

抵达乌斯怀亚后,我忍不住想用“天涯”来形容这个小港口。它在地球边缘栖息，有着看似孤僻却并不冷淡的气息，因为聚集在这小镇上的，几乎都是地球上少数要往南极去或刚从南极回的人。这里充满着暂别人间与返回人间小小接驳的欢愉与沉淀的气氛,镇上人口皆是为了服务这群旅人、船员或渔人而存在。

没走几步就看得到来自世界各地的各色脸孔。有充满好奇和兴奋的年轻背包客，长途旅行后抵达这里，凭着勇气和未知的运气，等候着南极船班最后一刻的廉价促销船票，以耐心为代价换取这昂贵行程的便宜账单。还有脸上刻满风霜纹路的长者，也许是科研学者，也许是航海半生的海员，仿佛借此地作往返人间的渡口，暂时休息居住。在这里，他们交错成人生两端的对照。

开往南极半岛的船，每年只在短短两个月的夏季行驶。在乌斯怀亚等待一张廉价船票的故事，被停留此地的人描述成美梦成真的传奇。只是在真实人生中，更多的是失望而返，他们最后成了路过乌斯怀亚的旅者。我就听说，最近有一位年轻人，为了坚持等到一张买得起的船票，在乌斯怀亚的青年旅馆住了几个月，盘缠用尽后只得在街头游唱挣取生活费，最后也没能上船。这样的故事，让乌斯怀亚像是这世界上流浪者最遥远的栖息地。

对于一个已经买好船票的人来说，去南极之初，乌斯怀亚只是我不在意的过境地，我满眼眺望着港边那艘即将远征南极的游轮；南极半岛归来，经过两天西风带的大风浪，乌斯怀亚却变成了我的一个平静渴望。当风浪渐渐退去，远远望见平地，乌斯怀亚在远方未喧闹的人间安静地揭幕，我不知为何竟如此雀跃，纵然与它仍不熟悉。

船停泊一夜，次日返程。那一夜我在港口散步，重拾脚踏实地的感觉之余，发现所有那些读过的有关港口的寂寞，在此时此地正满满弥漫着，微雨中的海鸥、抽着烟看海的船员、远泊港外的渔船，成排缆绳柱与码头灯光比肩，一起伸向比格尔海峡，每一盏灯都是春光乍现里的最后一个灯塔。这是一个相遇随即又告别之处，莫怪见到的每张脸、每只飞鸟，在灯下怒放的花朵，看起来都是那么孤独。

是的，乌斯怀亚是天涯了，南极自然就不在人间范畴。

南极行中的企鹅

搭上前往南极的邮轮后，我才知道这是一趟很不脚踏实地的旅行，因为大部分时间都在行进中的船上度过。算一算，十六天的旅程，真正着陆南极大陆的总时长应该不超过三天。下船登陆的每一站，我们都遇到了企鹅。

我们从阿根廷最南端的港口乌斯怀亚搭上前往南极的法国邮轮“Le Lyrial”号，经过一夜的航行，第一站到达马尔维纳斯群岛的斯坦利港。在马尔维纳斯的半天行程中，最重要的一个旅游景点就是：乘坐一个多小时的越野车到达悬崖边，在那儿见到了马可罗尼企鹅，它是我们这趟南极行见到的第一种企鹅，外形比较华丽漂亮，有着长而漂亮的黄色眉毛，像皇冠般长在眼上头顶。那天天气晴朗，刮着强风，悬崖边的石砾上，成年企鹅正在哺着小企鹅。企鹅在春天上岸筑巢而居，繁衍下一代——这是典型的生态现象，如今已进入比较幸福的后期阶段。萌萌的小企鹅们都已经破壳而出嗷嗷待哺，非常可爱。

欣赏着美丽画面的同时，我们也看到食物链中残忍的一幕。我们亲眼看着悬崖另一侧忽然飞起的海鸥，趁着母企鹅不备极快地叼走了小企鹅，这一画面也被同行旅友用镜头捕捉到。海鸥虽然体型略小于成年企鹅，却有相当强大的攻击力。这残酷的一面也为这趟以为单纯欣赏南极美好风光的路程，开启了真实的另外一面。

第二站是我们花上两天两夜才到达的南乔治亚岛，这是许多直奔南极的人会忽略掉的奇妙大岛，却是近南极圈目前动物生态最蓬勃的一座岛屿。在三天行程中，我们六次登岛，眼前所见的海豹、企鹅的数量之多，不禁让我感叹生命力量是如此强大。在这人类望而生畏、寒冷无比的冰天雪地里，却孕育着如此丰富又旺盛的生命群。这个海岛曾经是历史上最残忍的海洋哺乳动物屠戮场地之一，南极软毛海豹因被大量猎杀而一度濒临灭绝。南象海豹的数量也同样因大量捕杀而急剧下降，它们的脂肪被用于精炼海豹油。所幸后来人类的保育意识兴起，加上大自然复育的力量，而今这里又生存着大量海洋哺乳动物，被称为“南极野生动物的天堂”。就我其中两次登岸所见，企鹅群从海岸一直延伸到山丘，专家说，分别有十二万只和三十万只。

其中以王企鹅最多，它们应该是企鹅中形体第二大的，略小于帝企鹅，形态、毛色与帝企鹅相近。它们每年上岸换毛，一次生两个蛋，只选其一全力孵出并喂养。群居的企鹅生态往往让靠近的人类惊叹，数大就是美。我们沿着海岸线走，听着企鹅群喧闹的声音、看到它们密密麻麻地站在远方时，有位旅友笑称：貌似不小心闯入了腾讯的年会。

南乔治亚岛目前是英国管理，除少数驻岛人员以外，几乎没有其他人出入，所有经过的渔船或打算上岸的旅游者都需要得到他们同意，维持一定人数并接受其严格管理。因为之前的捕鲸船不小心带入老鼠，目前老鼠已经占领半座岛屿，严重地影响到此地鸟类的生态；另外，外来的草种也会适应而生。因此登岛和离岛时，我们都要经过消毒的程序，毕竟人类算是外来物种。岛上多得惊人的海豹与企鹅围绕我们身边，它们不惧怕人类的眼神，甚至会走向人群瞅上一眼，这些都让我强烈感受到：这里是它们的，在它们眼里人类只是一群较高大而奇怪的动物。好几次，一群王企鹅走近打量我一眼，然后摇摇摆摆地转身离开，每次我都忍不住被逗笑。我们总是依人的观点看着世界上其他生物，在南乔治亚岛，企鹅却看了我们一眼后扬长而去，这让我们有种闯入童话的趣味。

企鹅带着喜感的形体和动作，常常在人类世界里变成很好的逗乐素材，我在南乔治亚岛拍了许多企鹅照片，记录它们看似愣头愣脑的动作与姿态。然而在 BBC 各种纪录片里所看到的企鹅，都为了延续自己的物种在做各种辛苦的努力。它们上岸大都是为了繁殖，肥胖的身躯也是为了哺育下一代而储存热量，这些都由体内的生命模式塑造而成，有时在暴风雪中筑巢、有时要挨着饿哺育，直到小企鹅长大，跟着它们回到温暖的海里。抵达南极半岛后，帽带企鹅、阿德利企鹅、巴布亚企鹅也陆续现身，在严寒的南极大地上，它们各自结群、各有领地，我也看到了企鹅生存艰辛的一面。

观赏冰山是南极旅行中极大的享受，当第一座冰山经过我们的邮轮时，全船欢呼，那种兴奋之情至今难忘。之后几天我们见过无数形态各异的冰山漂浮在海面，如同走入一座大园林，眼前尽是各种身姿曼妙的太湖石。冰山是大自然的艺术品。在阳光与水面的光影相互折射下,形成各种蓝与白。专家告诉我们，水面上的冰山只是整座冰山的百分之二十，水面下占八成。冰山经常随着波浪流动，可能分裂或者翻滚，水面下的部分又浮到水面上，形成许多纵向的水波凿痕，因此不少冰山的形状特别立体，有未来主义的美感。

真的到南极半岛后，看企鹅的同时，海豹也在这趟旅行里穿针引线般出现——无数冰山围绕在四周，冰山上经常看得到休息中的海豹与企鹅。我特别喜欢看冰山上海豹们的各种慵懒姿态，是特别美好安静的画面。睡得很沉的海豹，在奇形怪状的美丽冰山、浮冰上漂移着，灿烂阳光下偶尔伸个懒腰、翻个身，像躺在云端的胖妖精。后来 BBC 的纪录片又给了我残忍的故事，这种美好时刻往往也是充满危机的时刻，因为鲸鱼智商超高，经常会联手捕食在浮冰上沉睡的海豹。它们制造各种水流摇晃浮冰，把海豹弄得筋疲力尽后，一举翻过浮冰将之拖入水中。鲸鱼是最难亲近观察的动物，好几次，只能在不远处看它翻身，一瞥美丽的尾巴。

烽火香江路

近三十年来我与香港一直保持着平行的关系，没有定居过，也未曾远离。这样的关系太久了，总是有种熟不过亲，却久得过如故的感觉。

从事流行音乐工作那些年，去香港是三天两头的事，只是当时绝大部分去香港的时光都是不愉快且有压力的。香港是国际唱片公司设在亚洲的管理中心所在地，负责台湾地区的我去香港都是为了报告业绩、承诺业绩，或者参与压力十足的会议。对照着香港表象上的欢乐，当时的我常会有替洋人当差的隐约愤怒。早年台湾小巨蛋演唱会尚未成形时，台湾音乐产业最羡慕的就是香港有常态的红磡演唱会。明明香港的音乐产业规模小于我们，这弹丸之地却还能形成养活自己的演唱会生态。直到现在小巨蛋周周有演出，我们明白了表象下的真实，才知道以前只是一种局外人的羡慕与嫉妒。

慢慢地，对我来说，香港的角色有了变化。当国际拍卖公司的亚洲部门从台湾迁至新加坡再迁移到香港后，每年两季共四次拍卖活动让我有了去香港的新理由。后来艺博会的成功，世界大画廊连锁店的进驻，令香港忽然变成了亚洲艺术的交易中心。其实我挺纳闷的，以前我印象中的香港，一直是商场多过展场、舞台多过讲台，它怎么就忽然从一个五光十色的商业中心变成了亚洲艺术中心？这令我好奇，思索，慢慢地悟出一些道理。不说别的，香港人才系统的调度与专业，直到今天都是整个亚洲最优秀的。香港的人才服务，无论在音乐产业还是在艺术市场都远远领先其他地方，总能确保高效、安全地完成一场优秀的表演或展览。时机也造就了香港：当年台湾有关部门无知，拱手把最蓬勃发展中的艺术市场逼到香港。而这十年来大陆经济的兴起，更是促使香港变成艺术交流与交易的重镇。

音乐产业衰退了，这些年我去香港几乎都是为了收藏，也亲眼看着许多以艺术为业的朋友陆续从台北迁居到香港。此外，许多优秀的艺术市场工作者也从北京、上海、伦敦、纽约搬去了香港。而近十年来，内地人到香港已经如同走入自己后花园般熟练。特别是每年香港巴塞尔艺术展连同苏富比春拍，半个月间，香港快要成为世界最大的艺术销售中心了。十年下来，内地买家的资金从爆发到衰退，他们对香港又爱又恨，却又不得不在香港一路走下去。这些年来香港不仅成了亚洲各地艺术收藏者最好的买场，同时也是最好的表演舞台。总觉得在这里艺术圈人有意地放大了音量、加快了脚步，不停地忙碌与穿梭着。而媒体把得到的资料传回内地，慢慢成了一个新的传统，似乎从香港就能看到世界，去香港就可以连向世界。

于是去香港买艺术品、办活动仿佛成了一种时尚与奢华的行为。与此同时，香港内部也有了质变，群众开始讨论：香港的美术馆应该有什么样的内容？香港是个国际城市还是内地的发声器？此类争辩越来越激烈，这些是需要花时间去观察的问题，而非对错之事。随着东南亚经济的兴起，一个在商业上自己能平衡的平台，会随波调整与变化，这好像不是谁能说了算的。

不久之后，香港又会是另一个面貌吧。今年巴塞尔期间我到香港，将近一周的走动令我深刻地感到：香港本质上依旧是香港，凭着自己的一套生存法则立身于亚洲，面对四周起伏多变的局面，仍旧散发着它独特的魅力，总在人们不远处。

旅行的最大动机

旅行是这样的一件事，无论你事先做了什么样的准备及想象，目的地的真实总是会与预期有各样差异。那些不同足够在当时对照半天，离开后琢磨许久。

今年春节的以色列之旅，算是近几年来我比较认真严肃做准备的一次旅行。看了许多书和电影，也准备了不少资料。即使如此，当我踏入以色列时，仍然有许多的惊讶。的确是一个非常特别的国家，很难用简短的文字去形容，也不是一趟旅行能看明白的。光是耶路撒冷这座城市就有无数的故事和文献记载，有太丰富的历史可以讨论，许多直到今日都未有定论。无论你为理解一座城市做过什么样的阅读，终究还是在用别人的眼光看它。

该如何认识这个国家，我有个故事分享。抵达以色列后，在边境等待导游，我以为会看见一位强壮的男士或者活泼的女士，结果走来一位年龄比我还大的老太太："我是你们的导游。"她已经六十多岁，但是不要轻视一个六十几岁的老太太，她可是拥有三个博士学位的人：医学博士、地理学博士和考古学博士。大半生周游各国，走过很多国家后，她才发觉自己对祖国所知甚少。于是在退休后考了导游执照。在她看来，若能对游客讲解以色列的历史和文化，才算真的认识自己的国家。

当我站在耶路撒冷旧城的石板路上，走在这里餐厅林立的商业街上，此前再多的文字阅读体验与当下的感受都是不尽相同的。此刻的耶路撒冷与三千年前建立它的大卫王之间依然有着清晰的关联脉络，但它与这个世界却有着更紧密的关系。新旧交错的建筑物，行走其中的穿着传统装束留着大胡子的汉子，打扮时尚出入美术馆的人群，加上印象中许多发生在这里的令人不安的谍报剧情，还有麦当娜多年前在此城办了演唱会的新闻，一时间同时浮现，忽有今夕何夕之感。这是个比自己预想中更平静的以色列，也是个比自己预想中更明朗愉快的以色列。旅行途中偶尔会在微信上发些照片，大陆的朋友总是替我担心："注意旅途安全！"而台湾的朋友总是惊讶地说："喔！你去了一个很特别的地方！"这大概就是以色列给大陆人与台湾人印象最明显的差别。的确，在入境以色列时，我为仔细的过关检查与荷枪实弹的军人所震惊。但过了一会儿我便开始用轻松愉快的心情去欣赏以色列驻守国界的军人，他们都是年轻貌美的男女。我想起这两年特别受欢迎的美剧《国土安全》的剧本其实就改编自以色列的一部剧集。在这个草木皆兵的国度里，却有着平静晴朗的天空以及俊男美女的军人，有点诡异，却非常的偶像剧。

这次旅行途中，不论是在耶路撒冷或者在加利利湖旁边的小城，那些从小在《圣经》里读过的地名，全都成了真实的场景，相隔了两千多年，我总有些对照困难的感觉。耶路撒冷比想象中更干净，也更安静，加利利湖也较预期更舒适、美丽。印象中耶稣出生的马槽所在地伯利恒城，现在是巴勒斯坦之地，有雄伟的教堂和络绎不绝的游人，是宗教与旅游共存的地方。在加利利湖畔，湖边的大型水上游乐场遗留着不少垃圾，仿佛人声沸腾是不久前的事。虽然不减加利利湖山光水色之美，却也很难把耶稣行“五饼二鱼”神迹与此景联结。

旅途中最令我有兴趣思考的是以色列北部。那些曾经为了复国而归国的理想青年们，他们是如何建立起公社，造就了以色列北部目前蓬勃先进的农业，又经历了什么样的过程，这些从理想出发的公社完成了向商业模式的转变。那真是一段让人不得不好奇的历程。当车子行驶在以色列北部两岸果园络绎不断的公路上，你几乎会忘记这里曾经是一块寸草不生的荒漠之地，会误以为身在加州某处富庶农庄，也会隐约地明白为什么以色列与其他中东国家有那么大的不同。

也许是因为刚刚旅行回来，一切都还没来得及消化清楚，脑中混杂而零乱的画面，更让我迫不及待地想仔细看看它的历史。这是旅行后仍可以进行的事，也是旅行的最大动机吧！

思考勇气

今年年初看了一部电影《汉娜·阿伦特》，其中有句话，这两个月总在我脑子里浮现："是思考，而非知识，让我们去辨别对与错、美与丑。"深深震撼了生活在充斥着短视谬见的台湾的我。

这句话来自汉娜·阿伦特，她是一位犹太裔哲学家和政治理论家，年轻流亡时极力地为以色列复国而努力。中年，她为了替《纽约客》报道纳粹分子阿道夫·艾希曼的审判，去了耶路撒冷旁听，并且会见年轻时代的朋友，那段经历给了她重新思考的机会，也让她对于邪恶极权专制的看法有了重大改变。她认为历史上最大的邪恶，如纳粹屠杀犹太人，并不是由一批狂热分子或精神病患者执行的，反而就是一批平常人做的，只不过他们受了国家的暗示、意识形态的限制，认为自己的行为都是正当的。她从这个基础去重新思考整场审判，与住在耶路撒冷的昔日战友们对话，抽离了时代给予自身经历的局限。

她的看法却让许多以色列人不以为然，因为对受到迫害的犹太人来说，此刻被活擒的阿道夫·艾希曼是万恶不赦的纳粹恶魔，他在屠杀事件上盖了章，怎么能说他只是个平常人。她的观点陆续在《纽约客》上发表，一众亲友认为她对以色列是不友善的，进而断绝交往。汉娜·阿伦特不为所撼，仍以独立的思考坚持此观点，并且终其一生思考着邪恶的定义。剧中她说的一句话最让我震撼："邪恶不会是既平凡又深刻的，它永远是极端但不彻底的，只有善良才是深刻又彻底的。"

后来去耶路撒冷旅行，传统犹太人在哭墙前虔诚地行礼，震撼之余我也有了对照与思考。那趟以色列旅行遇到了一位博学的导游莎拉。这位健步如飞的年长女士拥有三个博士学位——医学、地理学和考古学，曾经行医，喜周游列国，关心社会议题，生养一子，又领养了两个传统犹太教家庭的小孩，协助他们融入正常社会。在近老年时她决定去考导游执照，因她认为在她人生的许多学识及阅历中，了解最不够的是自己的祖国以色列。了解的方法就是去面对以色列此时真实的状态。当导游是最直接和有效的方法，在导览别人了解自己国家的过程中，自己也更深刻地面对自己的国家。在近十天的旅行途中，莎拉有时候很热切地解说历史，偶尔也会表露她对现在的以色列的一些看法。这也让我想起了此刻的台湾：为目的而扭曲喧嚣的媒体和政客，沉默的知识分子和天真热情的学生。在那段旅途中，听着一位思考与行为分明的知识分子从历史的角度、当下的角度来做引导，是一段十分深刻的经验。

旅途中我也不断地想起电影《汉娜·阿伦特》，女主人公不停地强调、不停地思辨关于“思考”这件事情。我几乎要相信，犹太人之优秀是因为他们有那么长的历史是被迫害的，而故事仍未结束，未来仍在进行。我们到了以色列北部，看到这里从沙砾之地变成肥沃的良田，感触颇深。那都是以色列复国之初，那些身怀理想的青年们，以“公社”的形式重新建国的成果。然而此刻这些“公社”都转为商业模式，我相信这是一段很重要的思考过程，是集体经过很长时间的思考及辩论而决定的结果。其中，女性的平等参与是很重要的。

不晓得为什么，在以色列的旅行中，美景、美食都只是点缀之物，在这一块土地上，有更多的事物值得被关注。电影《汉娜·阿伦特》只短短描述了她来回于纽约与耶路撒冷之间，观看审判后提出看法那一段时间的故事，让人看到汉娜·阿伦特坚持自己思考得到结论的过程。对照这趟旅行的导游莎拉女士，我真的感受到女性的智慧和坚持，是一种美丽。那样的思考是独立而且深刻的。如电影中所提到的：只有深刻而独立的思考可以让我们辨识出美丽与丑陋，不是靠知识。

台湾人是否有摆脱盲从于媒体和政客的思考勇气呢？

生活的几种旅行

一个人的生命，是由每一秒钟、每一分钟、每一天、每一月、每一年组合成的，这是公认的度量衡。但从另一个角度来衡量，人的一生应该是由一点一滴不同的经历、感受累积而成。重复或相近的经历会变成习惯，不同的经验则会于生命之中留下新的印记。

习惯里最为安全。虽然我们在习惯中养成了许多保护自己的行为，省去了敏感的反应。但是这常常也让生命变得安全而单调，自在却不自由。

我并非一个不安分的人，但我总是相信一个人的好奇心，绝对是让自己生命更丰富的一种动力！我始终顺从好奇心去喜欢别人创作的音乐，阅读别人思考之后所写下的文字。透过音乐、美术、文学、电影这些让这个世界充满丰富视野的阅读，对照自己生命的微小短促，常常觉得一生也不够用来去经历。很多时候阅读别人的作品，依稀可以感受到他的思考，而一个人的思考反映出他成长的地方、居住的城市、吃过的食物和听过的音乐——如此抽象地感觉着、也被感染着，多像一次旅行。我也常常飞到另一个地方，去感受地球某一端另外一群与自己的生命经验完全不同的人，体会他们的生活、思考和感想。透过旅行来对照自己接触过的音乐、美术、文学、电影，将作者的角度与自己的旅行经验相互比较、印证。

旅行就如同聆听不同地方的音乐。不同地域、语言的人对音乐的喜恶各异，这都来自时间、地理、经历的累积，背后各有不同的原因。就像我们旅行的经验，初到一个陌生国度、身处另一个时区，能让我们跳出习惯的限制，仿如进入另一个时空、换上另一种视野。气温的改变、地形的变化、植被的不同，甚至空气中气味的差别，不同语言在耳边交错所形成的迥异声频，都会带给自己不一样的反应，产生不同的思考和审美。更何况，每个地方有它过往的历史，和今日面对世界的演变，生长在当地的人们是怎么因应思考而形成不同的文化。阅读与旅行常引发我做此类思考。

旅行是我生活中比较重要的一件事，虽不能经常发生，幸运的是我有足够的机会去实践。这有赖于我从事的工作以及自己的性格。之前在音乐行业工作，正逢唱片产业的欣荣时代，为了开拓市场，经常越洋去到不同区域工作或开会，借机就地一游。在那段唱片业最好的时期，我去了许多地方，对旅行有了些不同的体会。

那些年真的要我完全放下工作去远方旅行，我还是没有太多潇洒的决心。一直到四十多岁，我惊觉中年已过近半，不久老年将至，该放下一些事多去旅行，因为旅行需要体力。我暗暗地做了决定，提前退休，用更多的时间来旅行，先挑些需要长途飞行的地方，或是曾经阅读过、一直放在心里的地方，趁体力还在，好好地去接触那里的地理、风土、人情，跟那里的人交流。这个心愿在五十岁之后顺利实现，我开始了有较多旅行的生活模式。这几年更开始不带任何工作，纯纯粹粹地旅行！

去了非洲，以色列、不丹、摩洛哥、土耳其，我更是发现，太多太多以前在阅读中不能理解的事，只有当你真实地面对那里的人，站在他们的土地之上，才可能感受到言语所不能及的触动。特别是非洲，除了惊心动魄的动物大观之外，它还是一片多面貌的古老土地，充满种种意想不到！趁着初老未老，赶快去做远程的旅行，并细细地记录下来，让自己的生命多一点点重量和更丰富的色彩。

身体在旅行，心灵亦然。好看的文学，精彩的美术作品、音乐和电影，我仍一如过往地阅读着，让自己心灵上的那扇窗开得大大的，看着这个世界。

美好的原点

一切像又回到原点
记忆中最难忘那页
空气中的湿度
微风中的气味
好像都没改变

只是我已经改变
不再只是无忧少年
懂了眼泪滋味
学会珍惜眼前
都是我的体会

好像旧情人的脸
带着似曾相识的感觉
只是时间改变世界
云淡风轻之间
那美好的一面

那些流过眼泪的误会
都在无言中得到了化解
当我看着新的明天
没有太多设限
出发 从美好原点

作词：姚谦 / 作曲：郑华娟 / 编曲：李欣芸 / 演唱：林嘉欣 / 制作人：林暐哲
专辑《午夜 11：30 的星光》

1　张英楠《镜心》

2　非洲 博茨瓦纳

非洲应该是一个让生命的孤独感和想象力同时扩张到最大的地方。

3
—
4 俄罗斯 圣彼得堡

5　马丘比丘

6　伊瓜苏大瀑布

7 在撒哈拉

8 马尔维纳斯群岛

9 10 11

南极

几乎所有的旅行，我们都可以把经历与感受相互串联起来，因为它们都属于地球的一部分；南极却似乎与你去过的任何地方都无关，它不在人间范畴，仿佛不属于地球，它是独立的、绝对的、不可重复的。

南极

这里是它们的，在它们眼里人类只是一群较高大而奇怪的动物。

14　鲸鱼的一瞥（摄影：梁波）

15　慵懒的海豹（摄影：梁波）

南极

16　赞比亚的巨大猴面包树

17　赞比亚河

18 | 19 在乌斯怀亚机场一个一直看着我的小女孩
长满小云的树，所以春天了。北京玉兰

20 朋友的孩子与我

糖果
玩具
檔
Happiness
Only
Real
When
Shared

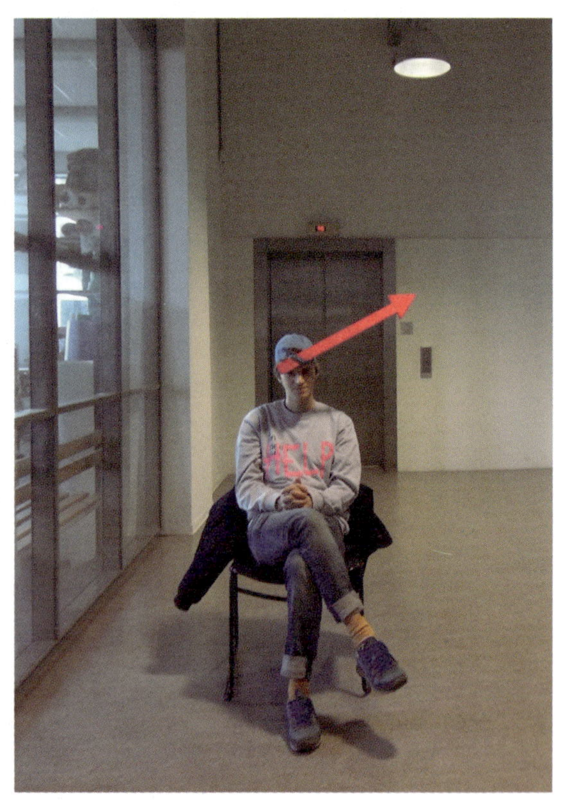

22　荷兰埃因霍芬设计学院毕业展可爱的人肉路牌

23 | 24 | 25　荷兰灯的设计　有机草地毯　眼泪手枪

26　我家花园中的雕塑：

Antony Gormley
《Present Time》

27 | 28　毕加索《Still Live》　曾梵志《西瓜》

29　常玉《粉红裸女》

一个人的生活　歌

我一直是单身，选择一人为家。一个能包容改变与成长可能的家，才会是理想的家。我一度把浴室的上半面墙全改成了玻璃窗，为的就是当我躺进浴缸里时，能够仰着头侧望到台北的天空。

音乐一直陪伴在我的生活空间里，如有温度的空气，不打扰又有态度地存在着。而卧房里的艺术品，常常是自己睡前和醒来时，第一个见到的亲人。

理想家

家有两个面向，其一是人的单位，大部分因婚姻、血缘关系而形成；另一面向就是家人们的共居之地。我想分享的是可变的后者。理想的家的标准最终还是要取决于家里成员的期待，不足为外人定义。如何满足不同的家的理想，这是需要自己去发挥一些想象和思考的，也是一次面对、检查自己生活的过程。

说到理想家，如果以我自己为例，则不得不先从我的家与大多数家的差异说起。我一直维持单身，选择一人为家。因此，我对理想家的想法可能更多是自我满足，或是顺应自己的期待朝着我可能的下一步发展而设定。成年之后我前后大概有过五个居所，回想每一次布置自己家的经历，也都反映着我当时的年纪、社会角色和经济能力，以及当时的审美与思考。它们几乎都有一个特质：尽可能在有限的空间里减少间隔。因为是一个人，所以无须隐藏，尽量让空间通畅没有阻碍，除了睡觉的地方——我喜欢躲在小空间里睡觉的习惯至今未改。第一个家较小，这想法较容易实现。随着经济能力的变化，随着自己累积下的物件的增多，空间通畅的理想实现起来自然有了一些困难。我喜欢阅读，喜欢艺术品，书和艺术品是记录我生命的重要物件。收藏与陈列它们，变成我在建设理想的家时，要面对的一个很重要的考题。

两年前，我诚实地面对自己已经中年的实况，开始调整工作上的积极心，选择了半退休。我搬离了市中心，希望此后的人生能常常站在真实的地面上。现在我住在一所独立小房，有了自己的院子。收藏了十多年的太湖石终于可以离开屋子，伫立在看得见天空的院子里。为了这个院子，我展开的另一种收藏就是植物。我从我的园艺师那里购得一棵六十几岁的栀子树，那是棵有故事的树，他从他们家族仅有的四棵中割爱给我的。栀子树梢正好望着二楼客房的窗台，每逢花季，芬芳入窗。我还在院中栽了一棵牛樟树，这原是台湾山区常见的一种树，却因为其树干适合种植灵芝而被大量砍伐，几乎要绝迹了。近年的复育牛樟树计划，我也响应并在自己院子里种了一棵，借此感念自己与那片土地的关系。另一扇窗外我种了芭蕉树。说不上为什么对芭蕉特别情有独钟，也许跟自小喜欢阅读古文古诗词有关系吧!

搬进这里后，我开始思考迎接老年生活的房子需要什么：一方面要可以常邀父母来同住，另一方面也要思考如何面对自己的下一段人生。当青春不在时，我应该住在一个什么样的环境中？除了在院子里种上植物，我还在楼梯放置了轻便的辅助椅，同样的设置在我每天必经的地方也着意安排；楼梯的左右两侧，放着我生活里最需要的东西——一边放满书，一边挂满画。我终于明白了古人所说的书画不离，并以自己的理解将它们放在我的生活里。

每个人对自己的理想家都会有不一样的要求，大部分的家庭都是多人的组合，需要沟通之后再去布置，满足共同的期待是很重要的事。理想的家是我们往下一段人生行走的原点。而人会变化，所以不能单单以眼前的喜恶而设定，一个能包容改变与成长可能的家，才会是理想的家。一个理想的家，是对过去种种累积的某种确认，也体现着居住其中的成员的价值观和对于未来的期待。而建立一个属于自己的理想家，确认一个属于自己的未来，是需要勇气直面自己内心的思考与行动。

木浴记

我花在洗澡上的时间很少，这个意思是指：我总用很短的时间去洗澡。可能跟小时候所受的训练有关系吧！其实记忆中，小时候洗澡原本是一段愉快的时间，因为终于可以摆脱家人，把自己单独放在一个房间里，与世隔绝一下。泡在水中容易让人放松，何况我那时还是一个多幻想的小孩，门一关上就可以自由自在地放肆起来，唱歌、发呆都是我在浴室常做的事。但后遗症就是屡屡被母亲警戒，洗澡前，母亲就会告知不要超过多久时间，甚至毅力十足地在浴室门外不断催促。提醒是属于真实世界的压力，加上洗澡后夜间看书的时间会变得紧迫，久而久之，待在浴室里的我心理压力变大，最终还是失去了童男的自我领土。到真的有了升学压力，我主动减短洗澡时间，努力当个无梦少年，匆匆洗澡的人生习惯自那时养成，延续到现在。后来的我很少泡浴，淋浴是我日常的洗澡方式，每天总是很有效率地做完该做的清洁动作，只有目的，甚至目的性过强。记得曾经看过一些文章，得知了有效地清洁自己身体的顺序，我居然一度如同得到指令般认真地执行。

事实上,我知道自己还是喜欢泡浴。自从拥有了自己的房子，无论如何，我都会本能地设定好浴室里一定要有个大浴缸，甚至不惜成本地选择又大又好的。随着经济能力的改善，浴室空间也有了更多的选择和更丰富的安排。我曾经拿浴室的一面墙当画布，用黑白两色的鹅卵石拼出类原生图腾，灵感来自一位日本摄影家拍摄的意大利南方海边小城民居外墙。我还一度把浴室的上半面墙全改成了玻璃窗，为的就是当我躺进 Philippe Starck 的浴缸里时，能够仰着头侧望到台北的天空。浴室应该是我脱离现实生活的第一站。然而，繁重的工作与忙碌的生活，使得我真的有时间躺在浴缸的机会并没有预期中多。现实是，我大多选择站在浴室另一头的莲蓬头下，快速洗完澡。这次换房子，心情就不太一样了，我做了一个很大的决定：让自己好好享受不必朝九晚五的生活。生活里更多的时间主权还给了自己，我可以心无旁骛地常常泡浴了。于是在增加第二个浴室，也是最靠近卧房的那个浴室时，我挑选了一个手工制造的木制浴缸。

选择木浴缸，是我这些年来四处工作和旅行，在不同休息处有了许多浴缸体验后做的决定。我发现木制浴缸最有让人休息放松的气氛。最早是在日本的温泉旅馆里遇到木浴缸。日本人对于沐浴很讲究，人泡在热腾腾的木制大浴池里，有一种更接近天地的原始初态。那几次泡木浴缸、木浴池的经验让我念念不忘。这次新家装潢，我告诉设计师的第一件事就是我要一个方形的木浴缸!

台湾深受日本文化影响，桧木浴缸一直是一种不可替代的日式符号，因此在台湾可以找到许多桧木制造的浴缸，但这也造成台湾桧木林递减的生态困境。买个桧木浴缸不是难事，但是真的做决定时，就会考虑更多问题，例如:那么大的浴缸如何运到楼顶的浴室，桧木是一种比较珍贵不容易快速复育的木种，等等。我和设计师四处收集资料，竟然就在我新家附近，遇到了一个手工制作浴室用品的店家，他们的分析说服了我。浴缸材料不一定非要用桧木，除了森林复育的问题以外，还有许多使用上的考虑，例如用久后的木质变化等，他们已经全部改用更轻便的阿拉斯加柏木。阿拉斯加柏木同样拥有属于自己的木材香气，也没有使用久了颜色变得过深或变黑的顾虑，另外因为木质轻便，有长期的采用与复育平衡计划，使用多少种植多少,完全没有消耗树木的担忧。唯一要注意的就是此木容易干燥，常常需要泼上水维持湿度。其实所有大型木器都有这个问题。

这倒让我想起之前跟朋友提及决定买木浴缸的时候，朋友告诉我日本人生活上的一个习惯。日本家庭里共浴与轮浴是传统，大浴盆里总是维持着一定容量的水，家人洗净身体后总会轮流在里面泡一会儿。大圆桶木浴缸维持着盛水的常态，也是出于维持木材的密度和稳定度的考虑。我后来在使用中也验证了这个道理。

近期每回泡在新木浴缸里，随着心思漫飞，我总会捡拾起一些与木头相关的记忆。只可惜这半年台湾严重缺水，我也刻意将泡浴减少到一周一次。前晚又是泡浴的日子，在这依旧寒冷的初春夜里，我往半满的浴缸注入热水，在我闭上眼躺卧其中，只露出水面半个头感受全身暖意之际，忽闻四周响起了类似老旧木门戛然开启的声响，虽然微弱，却似千万扇门此起彼落地开合，如莫扎特交响曲。我仿佛听到浴缸的每一个细胞领受着温水滋润的同时发出了久旱逢霖的叹息，像我的身体一样。

宠物

不久前，我在纽约的拍卖会上买了一幅画——藤田嗣治的《北京犬》。画中的狗非常写实，北京犬的笨拙与憨厚都被准确地呈现，我特别喜欢，把作品照片分享在微信和脸书上，我发现反应热烈的朋友大都是生活中养宠物的人。有宠物的人生不是大部分人的选择，不过选择养宠物并对它们负责的人，绝对是仁心之人。

先说说藤田嗣治。他是印象画巴黎画派中唯一成名的亚洲画家，年轻的时候怀疑当时日本艺术圈的审美，向往印象画派崇尚的真实。于是告别老父，与新婚妻子移民到了法国巴黎，后来成了第一位被法国艺术圈接纳的东方艺术家。现在世界上以印象画派为主要收藏的美术馆，藤田嗣治的馆藏是不能缺少的。藤田嗣治在世期间曾屡次返回日本，皆因无法融入战前战后日本岛国封闭、自娱自乐、自怜自溺的状态，最终还是终老于法国。

直到一九六〇年代后，日本门风大开，重拾开放的世界观，藤田嗣治才又回到日本客观的历史中。二〇〇六年日本的藤田嗣治诞辰一百二十周年回顾展我正好赶上，在东京微雨的冬天里排了半小时队才得以入场欣赏他一生丰盛的创作，至今难忘！藤田嗣治除了画红粉知己 kiki 与裸女群像的作品以外，就属画猫最知名了。猫主题的画集和文字书籍出版了无数，不过他画的狗在我的阅读经验里只见过两幅。一本藤田嗣治的传记里提到，他爱画猫并非因为猫当时是他的宠物，只因他在巴黎时经常见到受寒受冻的流浪猫，因同情而收养了不少，常造成猫患的局面，猫自然入了画。据他观察，被圈养的猫看似温和却经常会因为各种原因争斗。因此在他的画中，猫若没有被人抱在怀中或在睡眠中，大多时候都是充满主动性的姿态。其实藤田嗣治一生中最重要的“宠物”是女人，他曾说过：戴上毛耳与尾巴，女人与猫多像啊。一个成名的画家与宠物成就了许多传奇故事。近期，久违的日本大导演小栗康平，每隔十年拍一部的电影上映，这次让小田切让扮演藤田嗣治，应该是日法电影界与艺术圈一大盛事了。

在我们生活里面，若非因为主动的意愿而养了宠物，则可能增添了烦恼，亦可能获得意外幸福，如人饮水，冷暖自知。养宠物，最大主流养狗与养猫形成了两种派系，也造成舆论将把猫当宠物的人和把狗当宠物的人分类成完全不同的类型。这都是先有结果后论说的推理，只会让人糊涂。拿我来说，两种我都养过，小学时期的伴儿是一条黄色的土狗，后来它老去，让我童年的很长时间蒙上了“失去恐惧症”，念念不忘，直到大学时才敢养第二只狗。那时我的思想与喜恶也有了改变，对猫好感益增，于是我在台北“北漂”工作时期，在住的地方养了一条老狗和两只年轻的猫。幸好它们相安无事，那又是一段我非常怀念的养宠物的日子。在我四十岁之前，宠物猫与狗陆续寿终正寝离开了我。当时我预感到自己又将重拾一个人的生活很久。果不其然，又过了十数年单身的日子。其实我不再养宠物，并非因为“失去恐惧症”的阴影，毕竟人到中年，对于生死已经有了许多学习，主要原因是十多年来我每个月需两地居住，怕照顾不来。

我仍十分怀念有宠物的日子，宠物不单单是寂寞时候的伴侣，它们有时候超越了这层关系，有近似家人的情感。我曾经客观地去观察身边朋友养的宠物。我看到在宠物猫的眼里，这个世界是颠倒的：饲主才是它的宠物，生活上的需求与依赖，更多的主动权是在它。因为它相信了你，你对它的爱在它的眼里都是必然的事情，它有更多的自信。狗就更乐观了，狗在你面前永远是无法遮掩兴奋与快乐的，因为它深信你是无条件爱它的，因此狗更愿意表达你不在它身边时它对你的眷恋与思念。这两种宠物性格分明，却都满足过我在孤独时候小小的陪伴需要，养宠物不是心理的弥补，而是一种情感的延伸。

最后说一个故事。我有一位好朋友得知台湾黑土狗日益减少时，毅然决定养一只。透过各种关系，他寻到了一只血统纯正的幼犬，养在他挂满世界名画的家里。只是没想到天性狂野的台湾原生土狗极不适应都市丛林的豪宅生活，个性变得忧郁而安静，急煞了我这位朋友。养宠物最怕的就是情感的陷落，他又花了很长的时间四处寻名医。为了帮助这只小猎犬做心灵建设，甚至找了懂狗语的通灵师来与它对谈。幸好最后问题解决了，检查出是小狗体内的小问题造成它个性郁闷和不敢激烈运动。经过朋友长年充满爱的照顾，这只小狗如今早已变成活泼帅气的成年犬了。听朋友深情款款地讲着寻医记，我忽然在想，仁心之人不会寂寞，因为彼此给了彼此爱与牵绊。

宠物应该是现代生活中一帖平衡的安慰剂吧，对人来说。

孩子们的暗语：丢丢铜

童年的我总是希望每年暑假都可以随母亲回她娘家。但是一直没办法实现，各种原因造成母亲回娘家最快也是隔一年才可成行一次，有时隔得更久。

母亲的娘家在台湾东北部的宜兰县三星乡（这几年以种植特别香的大葱出名），而我在五岁之后从中坜搬至台南，两地一个东北一个西南。虽然台湾是座不大的岛屿，但是六十年代交通还不是很发达，最便捷的方式也只是搭台湾南北纵贯的铁路——当年还是烧煤炭的火车，速度也不快。为了争取更多与亲人相聚的时光，母亲总是选择搭夜车北上。黄昏来临，父亲会用脚踏车把我们送到火车站，简单地在车站附近吃个晚餐，然后在偌大的古典的台南火车站大堂等待着，等我们排队走入月台，跟父亲告别时都已经是深沉的黑夜了。随着启动时隆隆火车声，我总是先兴奋一阵子，然后不清楚什么时候就睡着了。

待被母亲唤醒已是天快微亮的清晨，火车已到终点基隆市的八堵站，我们须下车换乘开往东苏澳海岸线的火车。于是睡眼惺忪的我跟着母亲下车换月台，看着人来人往，嗅着这个火车站在我的童年记忆中总带有的海水与鱼腥气味。这时我知道外婆家已经近了，接下来这一段火车会有一个特别节目：无数次“过山车”（火车过山洞）大秀要展开！我童年的欢乐主题曲《丢丢铜》便在脑中响起！

这一段火车旅程其实并不长，大约两个小时，不过非常精彩，不是穿山洞就是伴海而行，柳暗花明地走着，这是我每回与母亲回娘家最期待的一段路程。火车过山洞让我兴奋不已，是如同探险般的过程。入洞前火车总会长长地鸣叫着，像是一个高潮式的寒暄。然后天光忽明忽暗，一会儿窗外耀眼的光线穿窗而入，一会儿整个车厢冻结在黑暗中，只靠着车厢内发黄的灯光照耀着人脸，车窗如镜，对映着忽然安静的人群肃穆的神情。直到今天，我所有关于时空穿梭的实体想象，都是从这里发展而来，那是一种瞬间永恒和仿佛无止境的联想。去年看电影《星际穿越》时，就想起了童年这些画面，并且很无厘头地在脑中浮现《丢丢铜》这首台湾童谣。

童年记忆里火车每过一回山洞，我便在脑中唱一回《丢丢铜》，一趟下来也唱了无数次。《丢丢铜》是台湾宜兰的民歌改编而成的童谣。记忆中台湾歌谣大多是悲伤的，像《丢丢铜》这样欢乐的占少数，歌中用了大量没有具象意义的辅助音，是一首从听觉出发的创作。“丢丢铜”其实是山洞中水滴声音的直接拟声化，在喧闹的火车车厢中是不可能听得到的。然而这也正是这首童谣美妙之处，它像电影般，人可以主观地发挥想象，随镜头穿越地理与时空，先站在远方看着火车飞奔穿越山洞，又转身在山洞中倾听黑暗里洞内水滴不时滴落的声音。“丢丢”是小水滴声，“铜”是大水滴声，水滴声有节奏地循环在充满回声的山洞中，像一曲俏皮的歌不断地唱着。

我从很小就会唱这首歌，至今也听过这首歌的各种不同录音版本，最喜欢的是李泰祥先生在他的演奏专辑《乡》里头以西方的交响乐重新演绎的版本。那时候我是个文艺大学生，已经有了渴望和比较，听到以西方管弦乐的古典方式呈现的童年记忆，原本非常地方乡俚的小清新一下子气派宏大，可把我那少年心给激荡得激动非常！

童年的火车是一个穿越的工具，它把我从一成不变的童年节奏中带去另外一个时空。那记忆中的天堂——宜兰三星乡间充满的野姜花气息，是我至今只能从花市买回家重温的味道；总有吃不完的零食的舅舅杂货店，像一个乡愁藏在梦里。丢丢铜是孩子们才能通的暗语，每回听《丢丢铜》，那一座一座黑幽幽的山洞就回到眼前，我又坐上燃着煤炭的蒸汽火车。其实坐在火车内只听到火车进山洞时轰轰隆隆的巨大声响，那声音像接近乐园的序曲般，一次次地激荡着我的心。

亲密恐惧症

我非常喜欢李安的电影，可以一次一次重复地看。至今，每回看《喜宴》最后一幕，当郎雄先生过机场海关扬起双臂如展开翅膀的画面停格，我就泪流满面：这是男人站在一定距离以外带着情感看自己父亲的眼光。

阅读过许多人对父亲的描述，其中的父亲常常接近于英雄，李安所描述的也不例外。最近他在上海电影节的演讲中，说到自己已经六十一岁，与父亲比，觉得自己不如同一个年纪时的父亲。

是啊，我们对父亲的印象永远都会以孩子的眼光来架构。然而随着时间的经过，我们慢慢地看清楚，我们心中父亲的形象许多来自于传统的期待，哪怕多少经历了现实的对冲和调整。在我的歌词和文章中，对父亲和男性朋友的描述是最少的，这可能也是因为传统的限制吧！男人对男人的情感基本上是不被鼓励表达的，即使表达也都是隐约的，更长的时间里是被隐藏的。我不例外，甚至几乎失去对男性表达情感的能力，从父亲、兄弟到同性的朋友。有一位女性朋友曾嘲笑我是个有“亲密恐惧症”的人，我越想越觉得有道理。也许因为我有文字和音乐的途径，可以表达我对生活的看法，而其中都隐藏着对人的情感，因此在行动与语言上，我很少流露。

我的父亲不似许多人描述的那种传统意义上的父亲，他乐观，爱自由，充满了行动力和想象力，而这样的男人并不代表没有责任心。同时，他与我母亲有很好的平衡。在我越来越看清楚“生命”这件事情的过程中，我开始站在更客观的距离去了解我的父亲。我想，父亲在面对我时更像朋友吧！常常，他扮演父亲的角色是来自于我母亲的督促，因为他自始至终都像个乐观自由的少年。年龄渐长后我发觉，他许多情感上的特质都在我身上有所体现。中年后与父亲交流，还是只要他愿意述说我都愿意听，但是有时候我怀疑自己是真心在倾听，还是只是努力让自己符合孝顺的原则。我妹妹对父亲，是我永远都追不上的父女之间的情感，女儿对父亲的爱似乎带有一些些天然的母性，妹妹对父亲的关爱就充满了各种主动性。

我知道自己是在意父亲的，父亲对我也有着同为男性的理解。男人之间只有在没有比较的基础下，才更可以看到和证明彼此的存在、各自所经历的情感和欢喜悲伤。再说起李安的作品《少年派的奇幻漂流》，其中主角对父亲的情感虽着墨不多，我却一直认为那正是少年派自由而柔韧的生命力支柱。

绕圈的记忆旅行

写作基本上是一件比较危险的事情。所谓的危险，应该是在书写当中，你会发现一些原本以为不存在的事情，或者看到一些原本以为隐藏得很好、连自己都已经忘记的事情。

隐藏是来自人总会自卫的反应，藏匿一些不愿分享、特别隐私的情感，久了连自己都以为不存在了。隐藏的方法有很多，生活中有意忽略，然后假装不小心忘记，等等。这些都可以让自己生活在“以为事情没有发生或已经消失”的情境里。而隐藏并不是逃避，隐藏是面对还没有解决方法时的一种方法。

在我的生活里，写作已经变成重要的一部分，于是我利用写作来慢慢地整理自己，也学会透过写作来让自己面对一些过去以各种理由与方式误以为已经解决、已经消失的事情。人的心很诚实，面向自己时说不了谎，所有过去的事，发生了就都存在那里了，没有放下武装去面对去碰触，才会误以为不在了。受邀以“父亲”为主题写稿时，我就发现自己总是绕圈地不正面地描述自己的父亲。起初以为素材很少构不成文，但真的静静回想童年，平凡的日子里还是有一些片段浮现上来。毕竟是自己非常隐秘的事,所以还是做了取舍,不一一描述。这个以“父亲”为主题的记忆旅行，让我看见原来在我的人生里，仍有那么多需要我再去面对整理以及修炼的事，特别是在对于与男性的情感上。

前天与朋友聚会，他们是两对夫妻，各自带了小孩来。其中一个父亲拥有两女一子，儿子刚刚出生，他忍不住不断催促另一对夫妻：赶紧生第二胎吧！看得出他中年得子的喜悦。那喜悦之情让我发现，原来孩子对父亲来说真是一份大礼。我那位朋友事业有成结婚晚，原先一个黄金贵族、小心面对婚姻的男人，此刻对于迟来的父亲角色是非常得意与满足。我也试着对位思考，当我是孩子时，可曾给过自己的父亲这样的满足呢？当他来到台湾，建立起一个属于自己的家时，当第一个孩子加入他的生命时。

不过我倒一直记得，从小我学习注音就很吃力，老是n、l不分，一直到现在说话还是有这个毛病。后来想起，小时候妈妈在帮父亲与人沟通时，总是把父亲浙江乡音中让人误听的字重述，而那些与我至今偶尔 n、l 发音不准确的字眼，如此相近。

女儿带来的生命变化

最近在一次晚宴上与许久未见的朋友见面，几位中年男人在 Men’s Talk 中聊起近况，十分有意思。其中一位哥们儿从事文化产业，做音乐媒体，有过辉煌的成绩，中年才成家并获得一女，妻子亦是工作狂人，事业有成的女性。向来儒雅的他，近年来却有着不同的人生观，放慢工作步伐，选择给生活更多思考与阅读的独处时间，用着适度距离看自己的人生、自己的家人，特别是他的女儿。

聊天里，因着另一位同样是中年得女的朋友说起生命中女儿出现后的欢喜和担忧，他们两人各有所感地抒发了心中所想，言语间谈得更多的是女儿渐长后的惆怅。相较之下，前一位朋友显得潇洒自在多了，女儿继承母亲的聪明活泼外向，在学习上一直名列前茅，夫妻俩采取自由为主的方式与女儿相处，一家也是和乐融融。

不过他也有难处。女儿出生后不久,他有了一个惊人的发现,让他开始思考女儿带来的变化。妻子产后，岳父岳母为了帮助产后就立刻回到工作岗位的妻子和刚出生的外孙女，从此搬入他们家常住。他当然心存感激，只是没隔多久，小姨子一家人为了靠近父母，也搬到附近成为邻居。从此妻子一家人又聚在一起，女儿也在外公外婆小姨等众人的宠爱之下成长。有天清晨他醒来,听到客厅里热闹的声音,妻子一家人正在愉快地交谈,他忽然发觉他好像是“嫁”入了这户人家的人。当然这也没什么不好受，只是忽然看到了人生的另一面，是一次较幽默的思考而已。

对于这一家以几位女儿为核心而团结和乐的天伦结构，他心中自然欣喜，只是他忽然有了强烈的对孤独的需要！他开始重新思考这些年来的变化,当女儿来到他生命中后,生活的变化,自己生命的意义和价值。是否就在女儿出生的那一刻，自己的生命也进入了另一个不是自己所能预料的位置？这是一个有趣的对位思考，太多父亲在不知不觉中为了自己的女儿做出了不同的生命抉择。我绝对相信女儿有影响世界的力量!

退休后，因为各种理由，我选择以非全职的状态回到工作，在几家很棒的邀约公司中，选择了目前新的合作公司。其中也有一个属于我的很隐秘的理由：这家公司年轻有理想的创始人不久前喜获两女，这让我充分地相信他。我觉得女儿绝对会令父亲重新思考对于生命的定义！

男人对自己的妻子跟对自己的女儿绝对是不一样的，在爱的互待之中，男人有了新的生命定义。这是一个对等的思考，尤其在中年之后，常常可以更从容地了解大的面向，而降低只有自己的思考。一个中年后的男人，思考的应该是更具自由性、从容性的人生。要小心别落入只有自己的思考，以为自己是个伟大的贡献者而自怜自溺。只有互相交叉平衡对照，对位思考，才有可能选出让自己从容自在地面对现在的方法。

怕与不怕：我读周耀辉

周耀辉原本是我朋友的朋友，知道他许多年后，因为邀约歌词才见面认识，后来跟他变成 long-term 直属朋友，一直到今天。我们对许多事情的看法比较投契，价值观也比较相近，都是对世界抱着相当好奇心的人。但我们并不特别亲近，因为我和他分居不同城市，常游走，也都同样不擅长居住在同一个地方太久。相识近二十年来，见面的次数几乎十根手指头数得出来，不过这都不妨碍我们之间的友谊，偶尔通一个长的电邮就可以了。如果机会到了，碰巧同在一个城市，就约见面吧。每次见面几乎都是在这样的机缘之下，在阿姆斯特丹、香港、台北或北京。我们都不会刻意关注对方的生活动态，不在脸书、微博或微信刻意按赞，再跟进表达自己的存在。这样很好。这样可以让我在遇到他的文章时以客观的、兴趣盎然的新鲜感去阅读。

阅读他的文字，是我认识他这个人以及这份情缘中最丰盛的一部分，有一点吃力费脑却多趣，因为他的文字触及的地方太广太丰富了，充充实实地满足了我这个好奇的双子座。反而每次见面不免落入人的情感中，嘘寒问暖，都是一些无法逃脱的人生琐事，如亲人、学业、工作、感情等等，觉得自己俗气。在文字里，周耀辉像脱离肉身的哪吒一样，把人世间奇怪或奇妙的事都翻搅一遍，透过他自己的眼睛和不俗气的心再定义一把。因此，一直期待看到他的新作品。

最近在读他的《假如我们什么都不怕》，可以说是这两年来我看过最绝的一本书。把“怕与不怕”当主题，光是这核心就能理解到，周耀辉这次要伙同阅读者一起向内跨越。这世界上真的没有谁能天不怕地不怕，但是说穿了，人走到了一个地步时，许多怕与不怕都会重新定义——是习惯、是延伸、是手段，甚至变成乐观的意义。怕，不单单是一个猜想或负面的思考。我想也只有周耀辉能这么泾渭分明，把周围的朋友以编号一一列项述说各自心中的怕，从他的文字里又能看出他将别人的怕与自己的对照，这是他最有趣的地方。我心中的周耀辉一直冷静得像一面清澈的镜子，另一面又有约制恰当的温情，周遭的事和人一对照到他那里，就透澈许多，少了许多不必要的纠结。

不过最模糊的情感部分，周耀辉依然理性约制地保留给对方，那是属于每个人生命存在的必然牵绊，不用答案。

《假如我们什么都不怕》中，他把害怕用数据、字母分类编辑。他说以 L 为首的恐惧症有十七种，包括：Lachanophobia 害怕蔬菜、Limnophobia 害怕湖、Lockiophobia 害怕生孩子等。列出学名的时候似乎所有的恐惧症都有了一张身份证，忽然觉得安心了。也只有透过周耀辉的笔，原先模糊深邃的事才可以透明而鲜活地存在，不再妖风邪雨的。不过生命的存在自然会延伸、再延伸出新的害怕，生命最难抗拒的就是轮番上阵的迷惑困扰着我们，也吸引着我们。所以适时地阅读周耀辉的文字，来对照自己、面对自己的生活，是我认识他以后最有趣的体验。

看完《假如我们什么都不怕》之后，我问了自己此刻“怕什么”，我脑子里得到回答，最害怕的是：看到台湾电视里，人人都能优雅从容地鞠躬道歉、下跪乞怜的景象，新闻像肥皂剧般以年来分类，如泡沫般越搓越多。所以最近我有一点怕泡沫。

电视，非主动有害

看电视，一直只占我生活最小的比例，甚至有很长一段时间，我都认为看电视是一件浪费生命的事。这也许跟多年来大部分台湾电视内容给我的印象——矫情、弱智、观点狭隘、思想同质——有关系。我跟许多台湾人一样，对于那些满是无节操争论的谈话类节目和那些靠技术洗脑观众的脸孔，早已深恶痛绝。那些深印在我心里的丑陋让我回避电视多年。电视仿佛家里一件有着潜在危险的物件，拒绝它方可平静。但还不到摒弃它的时候，因为我还没有遗世而生的觉悟。

但最近有了点小小的变化。搬家后，新居先彻底地谢绝了社区 cable、无线电视装设，选择了台制节目相对较少，人文、科学、自然、电影内容丰富的 SuperMOD 多萤影音服务。这个选择让我在台北家中既能留下电视，又避免了生活空间被垃圾消息污染。于是，我又愿意看电视了。

此次在台北待得较久，在阅读、写作与工作固定的日常节奏中，偶尔想转换心情、调整脑子，我会拿起电视遥控器，直奔国家地理或BBC频道，或Sundance Channel、CinemaWorld。换频道时会顺便看看其他频道正在播放什么，偶尔会经过少数台制新闻频道。好奇心使然，稍作停留，虽然发现台湾已经有少数在世界观与自制力、客观性上较好的新闻节目，可惜大部分台制新闻节目仍令我忍不住出现了过往熟悉的厌恶感觉。那些全日重复报道着的、如煽情段子的地方新闻，报道者带着窥探的姿态，主播读稿亦充满了个人立场。于是在这隆冬时期，台湾电视台最多的报道，不外乎是冬天里意外的火灾，一场小火灾可做到数十则新闻。其中的大部分都如同韩制肥皂剧，努力狗血化受灾户的悲情。另外，最常态、丰富、不间断的新闻则是最让我叹为观止的每天数则地方小车祸报道，那源源不绝的当事者行车记录仪里的监视影像，已经成了电视新闻最好的填补材料。再加上不知道从什么时候开始，全台各地方警局和派出所为小车祸、狗咬人、婆媳对骂皆可做场记者说明会，看着那些不同派出所的警员们已经把面对镜头重述事件当作日常工作，不禁让人啼笑皆非。

当然，在台这三周还是有我关注的新闻。我第一时间从网络得到资讯，电视新闻则是随后较深入描述补充的平台。如果是国际事件，可以再次证明台湾新闻业的无力与无知，完全不用期待。台湾省内新闻则又是另一番风景。例如这三周我关心的“河马意外死亡事件”，在一波一波密集的报道中，我们看到了悲情，看到了愤怒，看到了踢爆，也见到了追究从业者，追究行政人员，却没见到对于围观的我们有用的理性沟通、长知识的资讯。不要忘了是谁造就了无良动物园的生存和败落。看客们与行政者的无知与无仁也是同等罪过。

以这一周台湾电视新闻产业的操作与自觉为例，大家一齐嘉年华七天，然后一齐遗忘。一周后，烟消云散。

另外一则我关注的新闻是“江蕙演唱会事件”。原本是她退休前的最后一场演唱会，却因为低估了媒体转移焦点的能力，而将一段本来值得记忆的事情，演变成满是枝枝节节的煽动新闻事件，淹没了最初的善意。江蕙、她的经纪人陈子鸿先生和演出承办方宽宏艺术都是我认识多年的朋友，我非常确定他们都是正直善良的平常人。然而新闻媒体先是神化了歌手，急需

媒体的政客名嘴、娱乐圈人纷纷被引蛇出洞后，再制造高价黄牛票与买不到票的恐慌，再加上煽情的买票孝亲的流行意识，把一场演唱会演变成一件让人日后回想起来都会难堪的大型事件。这一周天天看新闻台重复播着：买不到票的人晕倒在购票的队伍中，来路不明的激愤者怒闯售票公司拍打铁门，老人在采访中说起买不到票又被扒手偷钱……

看着电视中不断重播的画面，不禁要思考群众智商之所以陷落，与此刻台湾媒体集体报道不恰当的观点运作有着怎样的关系。当然，这个时代，媒体从业者如何有技巧地发挥传播的作用，以实现所有新闻在事发当周最有利于媒体的最终收益，已经成了媒体最重要的价值考验。因为错过一周的黄金期，再大的事件都不再重要，收视转换而成的营运利益必然大减，于是各台新闻纷纷在有限时间内出奇招，“江蕙演唱会事件”于是被夸大成又一则台湾“奇迹”。当然媒体对群众和社会的影响不只发生在台湾，电视新闻加上网络上个人平台的以讹传讹，促成了我们在电视上看到的局面——新闻媒体们除了进行煽动报道外，还交错网络上的资讯以制造下一波新闻。当今电视媒体一切的手法和心机昭然若揭：寻找时机激化群体共同情绪与价值，方能生存。凑巧看了一部电影《消失的爱人》，正呼应了以上状态也存在于美国。这是一部好看的电影，在惊悚的故事剧情外，也在隐隐地提醒人们注意：新闻媒体除了嗜血以外，还会弱化群众理性的判断力，这才是存在于我们身边的最大危机，等同于一个杀了人面不改色的配偶。

其实，我相信台湾大部分人是冷静、清晰的。这也许是整个生物进化过程中，人类面临的一次考验。当科技把传播介入生活的力量放大到一定程度的时候，改变了整个社会环境，以至于人类的生存方式也有变化了。

当远离电视之后，你依然是可以回复自己的冷静和理智的，这也是我长年以来不论住在台北还是北京都刻意避开电视的主要原因。当然，电视绝对不是一个主动有害的物件，电视中依然有许多好节目，只是看电视成了一种需要智慧的艺术了。

在这段时间我就特别享受地看着国家地理和BBC频道，其中尤为感人的是BBC近期连续播出的几集纪录片，关于一位澳洲的“袋鼠先生”。他是一位中年男性，自称是袋鼠孤儿的妈妈，选择生活在荒无人烟没电没自来水的野外照顾着袋鼠。他看到因为文明的进步，很多误闯高速公路而意外死亡的袋鼠妈妈们遗留下来的孤儿。纪录片平静地记载着，“袋鼠先生”照顾袋鼠孤儿直到它们成长独立到放生的 年，平凡点滴却汇成了生命史诗。他不停观察袋鼠妈妈如何照顾小袋鼠，然后学着照顾自己身边的袋鼠孤儿们，然后为它们选择一片相对安全的草原，放手看它们飞奔而去，把生命还回它来自的原野。一年中，始终孤独的人影与大自然丰富的荒野生命之间不断对话。整个纪录片美好而感人，知识讯息饱满。这也让我对家里的电视观感变佳，毕竟选择的权利还是在自己手中。

面对任何事，适度的抽离也许可以帮自己更加客观地选择适合自己的步伐，千万莫养成依赖媒体刺激的习惯，否则将可能失去判断能力，也会失去自己的生活。这样的想法如何与人分享呢？所以写了这篇文章。

“好奇心”功课

从小就紧紧跟随着我的好奇心，似乎不曾改变过，一直伴随我到中年。小时候我的好奇心常让家人担心，收到很多规劝和警告，我却很难抑制它，所以养成了用小心思考来平衡它的习惯。好奇心让我对这个世界有了更多更深刻的认识。当然，后来我也渐渐明白：有了好奇心之后还需要有更坚强的坚持心才行，那样才会使得好奇心有更多的意义。

我一直以为好奇心是利多于害的，然而进入中年后面对着整个世界的变迁，有了更多的认知。好奇心有着很多可能，比如在很多人与人的对等关系里，好奇心却是一把双刃剑。特别是这十几年，媒体的变化大大地改变了人际关系、人与社会的关系以及人的自我相处等。我开始重新思考好奇心对这种种变化所产生的影响，尤其是在自媒体盛行之后。

是的！现在的媒体商人太聪明了，懂得利用好奇心触动商机，是引发消费的一个最好的方法。当媒体越开放、越自由、越多元的时候，引导大众的好奇心随时可以改变一件事情的发展，而这些发展又成了媒体获得商机的最佳场地。因此这些年来好奇心养活了许多媒体。于是政客、名嘴们活跃着，把真实与价值涂抹成符号，然后又远远地抛开。就像这些年来媒体利用行车记录仪与自媒体的蓬勃，发展出大量街头新闻。借着正义之名，新闻媒体播放着匿名者提供的监视器所拍下的景物，人人是证人、人人有知的权利，其实利用的不外乎是人的好奇心。在好奇心成了引发群众共识的最好手法时，求证却成为一个被扁平化的动作，思考或成为被弱化的第二个动作。好奇心激发了群众的英雄感，所以最近常看到媒体报道，嫌疑犯被羁押的警察局外，围了一群看似寻求正义却是出于好奇的人，一拥而上动手打了嫌疑犯，打人者立刻成了媒体重复报道暗示的英雄，只要最后注明“与本台立场无关”就安全了！

当这个世界已发展至此，我想，如何谨慎地面对自己的好奇心成了有待思考的功课。事实上，好奇心本身并无罪恶，只是世界改变了，在人与人的关系越来越淡薄时，个体的寂寞以及害怕被遗忘，常常只有透过媒体与自媒体来弥补，从好奇心发展到公众审判或表扬。幸好中年之后，我开始学习面对自己的好奇心，去了解哪些好奇心可能是无益的，哪些才是真正有意义的。越过了对表象多余的好奇，看到更复杂或更值得思考的内在层次时，知道适可而止停下脚步，不被煽动也不散播，冷静地观察。当然，好奇心绝对不能反应在冲动后的行为上，也千万不要到中年便失去好奇心。而要理解它，去激发坚毅的自修和自省。特别是生活在台湾，太多新闻媒体以好奇心来引起群众的关注，制造新闻商机，因此练习面对和控制自己的好奇心，变成了急迫需要学习之功课。

虚拟的科技与虚拟的正义

当蝙蝠侠与超人不但相遇而且起了冲突，钢铁侠也与美国队长大打出手，每个英雄都为了捍卫世界正义的理由而出拳相向。当白雪公主的后母与白雪公主的姊姊联手统治了黑暗的世界，于是战神出击了！那些曾经出现在少年故事或连载漫画里的人物，一一栩栩如生地出现在眼前，只要买张戏票或打开手机、电脑就可以轻易地展开另一个秩序、另一个世界、另一个价值生态。

当想象的虚构世界都能巨细靡遗地展现在你眼前，而且成为你逃离真实生活的最佳去处时，我们会怎么看待真实的世界？

小时候，我母亲严格禁止我看武侠小说，理由是当时报纸上的新闻报道里，偶尔会有这样不大不小的社会新闻：少年沉迷于武侠小说最终离家出走，奔向山林寻师去了。长大后我才明白，这不是武侠小说的错，错的是：当面对可以沉溺与好奇的想象时，你能不能判断真实与想象的界限呢？我相信人的想象是最好的动力与创造力。探究这个世界或是改变这个世界，一切都可能来自于不服气此刻的真实世界，仅此而已。所以去创造一个想象世界，证明自己的观察与存在。过往人们都是通过绘画、文字去记载自己的想法与想象。当科技发展到能把那些想象以更逼真的视觉来呈现时，加倍了的感官刺激成了享受；当你周遭的人也透过讯息分享交流，轻轻地煽风点火，就可以集体沉迷、迷失其中，互怜互颂。

这是我最近常常想的事：虚与实的界限。从最小的地方举例，这些年来从摄影技术的发达，到手机基本配置里的美颜设计，美化过的自拍照已经窜流到每一个人的社交平台上，许多人开始把自己不满意的五官，透过修图手段做修改：放大了眼睛、调整了肤色、修去了黑斑、恢复了少年时的发际线。然后相信自己青春永驻，确信修图后的自己才是真实的自己，而不是每早梳洗刷牙时镜中的那个自己。而这一切也在反映着，自己对于现实世界的不满意，透过某些管道得到弥补。

于是我们看到许多似假似真的新闻，悲剧、喜剧，心灵鸡汤、社会事件。大家一起看着逼真的报道和虚拟的新闻画面，透过此刻已经依赖的社交平台，人们顺着讨好群众的媒体，被各方义愤填膺的热络讨论影响，就这样借由简便的管道把虚实界限模糊了。正义哥出现了，蝙蝠侠与超人不但相遇而且起了冲突，钢铁侠也与美国队长大打出手，白雪公主的后母与白雪公主的姊姊联手统治了黑暗的世界，每个英雄都有捍卫世界正义的理由，所以出拳相向。

我们惊讶地发现，在虚拟科技发达后出生的人，对真实的定义与我们已经不再相同。因为我们来自无虚拟的时代，从真实视觉的时代走向充满虚拟视觉的时代，而此刻已是以辨别虚拟与真实的能力和自觉力模糊的人为主要人群的时代，这会是一种危险吗？我不知道。近期台湾发生了许多令人恐惧的社会案件，媒体一窝蜂地重述与报道中，似乎仅凭法律说词单纯地认定这些是精神上的问题造成的，人们再以虚拟阅读后的集体意识回应。真实的解决之道被湮没了，只能靠少数人凭着勇气对抗集体的虚拟正义。

虚拟的科技绝对是善意的，只是带来了新的课题让我们去思考，特别是对那些出生以来就面对着逼真程度超过了真实的虚拟世界的新世代来说。他们的生命里，虚拟与真实之间最大的差异，总在于在故事最后，感受到真实世界里，自己真实感官的疼痛。就像那名嫌疑犯被媒体挑逗起来的民众殴打时，惊讶地回应着“会痛啊”。这时正义与暴力的界限被打破了，真实与虚拟的界限也更模糊了，悲剧也不是虚拟的正义可以挽救的了。

如果汽车喇叭有“礼貌声音”选项

曾几何时台湾的媒体新闻中，每天都会有相当比例的交通事故新闻，特别是当车辆的行车记录仪普及之后，原本辅助用的设计，意外造成了画外之音与娱乐效果，这也是社会气氛改变与媒体价值改变的反映。一天一天重复着相似的故事，不同的人演着街头剧，看久了除了对这样的媒体摇头，也猜想着把这些资料上传的人的心情。用此种方式证实自己的存在感，可能是这个繁华寂寞时代的反映。

想着想着倒有了个奇怪的发现和想法。电视新闻中最常看到的交通纠纷，不外乎就是喇叭和超车的小事。我对照着自己的开车经验，听到后面的喇叭声的确是不愉快的经验。这真是一件值得思考的事。我不轻易按喇叭，因为对位思考，每回按喇叭，都会觉得自己是个没有礼貌的人。行车时若按喇叭，最主要是给对方提醒，但是为什么却总会变成警告和威胁的传达呢？当我听到后方车子按着喇叭，即使是我理亏，为什么难免还有恼羞之意呢？这样的感受一直让我不太敢在开车时鸣按喇叭，宁可慢下车来或者接受着暂时的不方便。

我继续推想，汽车的喇叭声可否有不同的声音选项呢？因为现有的汽车喇叭声，大都是急促、高频的声音，触发生物的警惕与注意。如同现在的媒体，完成了告知的基本动作之后，却不能跟进因此而发生的后继变化。所有生物之间发生的事都有着相连的关系，我们称之为生态。友善的生态自然衍生友善的环境。

我开始想象：如果汽车喇叭声有礼貌的声音选项，是否纠纷事故会减少？纠纷事故减少是否会推展出友善的生活链？印象中少年时骑的脚踏车的铃声叮当两声，纵然也有着告知与警告的意思,就显得友善许多。脚踏车的铃声能有提醒而非警告之意，汽车的喇叭声怎么就不容易做到友善呢？为什么？如果汽车有两个声音“紧急的警告”与“友善的提醒”，是不是街上的纠纷就会减少?

这也是我常想的，沟通时因为用字或是语气的差别，往往会让事情的结果走向不一样。而在一个处处有摄影机的时代，人和人之间的交流与接触更多时候不是肉身的接触，而是透过器材，怎样的器材才能准确地表达出情感，甚至圆滑地修润情绪，这绝对是后科学时代所要思考的事。

这只是一个关于汽车喇叭声的奇想，而它可延伸到任何与人或其他生物的交流和接触之中。任何经过器材科技的传递都有着友善于对方的思考，沟通从发泄转替成友善示意，这样是否可以减少太多的误解与资源浪费？而新闻媒体是否有可能改变，继而改变这个时代的沟通方式？

陪伴者：Song&Art

歌的日记

那年，忽然一时兴起，试着把自己的工作与最喜欢的旅行，画上了一条连接线，创作了《闭上眼睛去旅行》这张音乐选辑。反映着当时工作或休假时的短旅行，音乐是随身的配件，有时是伴手，有时是工作。那段时间经常离开生活地台北到别的地方去，因为换地方听熟悉的音乐，同样的音乐才给了我不同的感受。而这些在不同状态下听音乐的经验，也给这些在外的时间留下了更立体的记忆。综合所感发展成了另外一种听音乐的感受，或者另外一个层次的旅行的意义。

我们习惯以文字或照片来留下记忆，然而用音乐来记忆，更是一种默默成型的记忆方式，一点也不刻意，却同样深刻。一个城市如果能用一首歌或一段音乐来记载，就像一部电影有着它的主旋律一样，是一种很抽象却又丰富的描述，能够更形而上贴切地表达出心里的感受。而这样的感受随着时间的离去丝毫不会褪色，依然能清晰地提醒自己曾经有过这样的经验和情感。

所以，如果做自己生命的导演，赋予去过的城市一段音乐，赋予旅游过的地方一首歌，或是为某段情感嫁接一段旋律，让音乐成为生活的主色彩，那是一件非常有趣的事情。影视作品配乐的许多工作经验总是一再证明：同样一段画面配上不一样的音乐，结果是两段不同的感受，就如同经历了两次不一样的片段。所有剪接过影片的人都会有这样的经验，当影片配上音乐后，绝对比无声时更生动，更能感染他人。

在我以前比较盛产的年纪里创作的许多作品，如今回想起来，总会联想起当时写作的地点，或是发想作品时的环境，那些歌曲都带着浓浓的某个地域味道；旋律响起，我几乎可以闻到当时空气中的气味。我记得侯湘婷的《秋天别来》是在台北隆隆雷雨的夏天午后完稿的；本多 RuRu 的《美丽心情》则来自一次从新加坡出发往民丹岛的旅行中，在游轮上忽然有所感而写成；林忆莲的《盼你在此》则是在阿姆斯特丹凡·高美术馆前的一片草地上，看着一群人携家带眷在那儿野餐、踢球有感而写的。去年又去阿姆斯特丹，那个草地依然在，不过已经变成了许多室外艺术品的装置空间，好像不大能再踢球了，但是《盼你在此》这首歌将永远把二〇〇一年的阿姆斯特丹留在我心中。张清芳的《加州阳光》是我还没有去过加州之时，在台北想象几天后将去的加州所写的歌，因为那个专辑整个录音都将在加州执行。后来，那一趟在加州待了近两个月，这首歌从纸上的词谱录制成歌曲，又拍摄成了音乐录影带。一首歌完全记载了一段时光，融汇了一部分心理感受和一部分真实生活，交织成了现在的回忆。那都是二十几年前的事了，如今的加州也变了。

我记忆中还有一首有趣的歌与旅行记忆有关：优客李林和伍思凯合唱的《有梦有朋友》。那是我与朋友一起在纽约旅行时所写，那也是我第一次去纽约旅行。熟门熟路的友人负责地把行程排得满满，不知道我在旅行期间背负着一首歌的交稿压力，忽略了我在旅行途中常常感受和表现出的些许焦躁。我时不时把怨气转移到同行的小伙伴身上。果然有一天自己招架不住了，在搬动行李时扭伤了腰，整个纽约之行，忽然间必须减缓速度，好让我的腰得到适度的休息。速度一变慢，我走没几步路就找把椅子休息的节奏，让眼前的纽约反而变得漂亮有意思了起来。我忽然有点歉疚，感谢起同行朋友的包容，于是写成这首歌。

一面写着这篇文字，一面回想那些日子，脑中响起这些歌来，音乐真的是文字及图像以外最好的记忆载体。如果你愿意，也试着为你生活中的片段、去过的地方，找一首当时在听的歌，用音乐来当日记吧。

季节中的音乐

那些年在唱片公司工作，我们总认为“抓住时代气氛，提前做好计划”是掌握音乐商机最聪明的方法，我还一直清晰地记得那一年瑞奇·马丁随着世界杯而爆红的过程。当时我在Sony music工作，早在半年前《The Cup of Life》这首歌就已经准备就绪了，各国的企划人员也都听过这首歌，做好了完整的计划，因为大家都知道这首歌将会在世界杯开幕当天瞬间传遍全世界。于是从首播倒数开始，各国的企宣都一步一步精确地走着，从酝酿到爆发然后成为回忆，果然这首歌成了世界杯主题曲的经典，直到今天。

音乐有的时候就是一个时光平台，记录了你聆听时的感想、你聆听时的气候，甚至记载了你聆听时的光线。我常觉得音乐跟味道有着异曲同工之妙，只是音乐透过耳朵，而味道透过嗅觉，它们都牢不可破地存在你的记忆之中。然而，在唱片业最蓬勃的那些年，我们从业的人总是精细地计算着什么时候应该推出什么音乐，倒数计时、步步为营。当然，这也是唱片工业最后衰败的原因之一。

从另外一个角度来说，时间也记载了音乐。每个人用自己生命的季节，可能在无意识下存放了许多音乐在自己脑海中，偶尔翻阅，人就如同乘着时光盒回到某个时间点。因为音乐有特别的力量。

那些年我总是专心于工作，不曾好好地享受音乐给予自己生命的好处，如今只有透过音乐时光盒去感受，所幸音乐已默默地为我留下了一切。我可以借音乐的翅膀回到过去的时间，去感知创作时的感想和遗落的细节。有时候随着季节的变换，也会触动我脑子里的音乐时光盒，如不久前轻台风刚从南台湾一扫而过，带来了忽大忽小的雨，这不禁就让我想起那一年夏末秋初台风季节来临，连着几天不停下着暴雨，眼看就要淹水了，而我正在为维京音乐陷入起步最为艰难的奋斗中。印象最深刻的是《秋天别来》，那首歌就是在不停的暴雨与雷声中完成的。这也让我每年遇到夏天台风天气时，总会不禁想起它。当时为了呼应书写那首歌的情境，我请制作人把雷雨声放在间奏，来表达对心中骚动的疲惫、对走出困局的渴望。

很多不刻意的时候，旋律留下了一些痕迹在你的生命里，而那些痕迹总在相似的天气、相似的季节或相似的节日气氛中，又浮现在你的脑海。在我的记忆里存着许多跟时光有关系的音乐，我也相信在许多人的脑海之中、记忆深处都存着一些属于自己时光的歌曲。就算这首歌表面上唱的是别人的心情，但是就在某个时候被你听到了、也恰好地经过了你的生活，所以你给予了它新的定义，潜意识画下了一些色彩，然后存在脑海。偶尔无意间提起，那一段时光就清晰地回来了。如今，唱片工业时代已经过去，网络云端听音乐的时代已经成型，我们有着更自由的音乐聆听环境，手指轻轻一点，生命中过往的片段就立刻无处不在地重现。

LIVE 与开普敦

我曾在开普敦维多利亚港一个时尚的商场里，遇见一个乐团，由四位黑人老人组成，手风琴、电吉他、萨克斯风以及中提琴，他们平均有七十岁吧。几位音乐人把玩着白人的乐器，除了熟练的技巧以外，还多了一份几乎是心灵与身体的延伸，演奏出来的音乐充满了本能的力量！离去前除了给欣赏费，我也买了他们自制的 CD 回台湾。

那是一张 LIVE 音乐演奏专辑，录制得非常随兴和粗糙，但是仍能传递当时我在现场看他们表演时的感动。这不禁让我想起我在唱片业工作期间，有几次演唱会的录音经验，后期进录音室时，最大的挑战才开始。很感谢当时的制作人 Jim Lee 李振权，他有着客观的思考。很明确的区别是，LIVE 录音与录音室作品的角度太不一样，LIVE 录音作品都是及时面对听者的反应而留下的音乐，因此不可能像在录音室录音般那么冷静精准地表演，它有更多被人群感染之后的真情流露。演唱会录音的后期在录音室所做是的混音或整理的工作，必须考虑到这种在场性和即时性的情感。那是另外一种审美的标准，要思考听者收藏演唱会专辑和录音室专辑的差异，思考其动机和目的，这个思考与品位决定了作品的好坏。

记忆中，LIVE 录音最早都是音乐性比较强的独立品牌在出。Blue Note Records 这个品牌出版过无数张，录制他们俱乐部的现场爵士音乐演出，一九三九年由 Alfred Lion 创立于美国，以录制爵士乐著称（也出一些布鲁斯）。在该公司的发展史上，有两个不容忽视的人。他们是一九五三年加入的录音师 Rudy Van Gelder 和一九五六年加入的封面设计师 Reid Miles。前者为 Blue Note 留下了大量优质的录音，后者设计出精美封面，使 Blue Note 的唱片既好听又好看。

LIVE 作品中最让我印象深刻是：MTV 音乐台曾有过一系列 Unplugged * 音乐会的录音作品，其中 Eric Clapton 的那个演唱会录音，是高销量的经典专辑，直到现在我还常常在听。在 MTV Unplugged 的巅峰时期，我有幸参与安排庾澄庆到英国录制，他是 MTV Unplugged 第二个合作的亚洲艺人（第一位是 CHAGE & ASKA“恰克与飞鸟”），这也是我唱片工作里的一次美好经验。

说回开普敦，我想起两件事。第一位把开普敦放入专辑的华人歌手是潘越云，她离开滚石前的最后一张专辑《对你的10个疑问》，封面与MV都在开普敦完成。另外，二〇一三年奥斯卡最佳纪录长片《Searching for Sugar Man》，也是从开普敦开始，记录着一张在美国卖不到两百张的音乐专辑，却在南非缔造了三百万张销售量的传奇，这张经典专辑也是近半年来我最常听的音乐。

幸好，这个世界有音乐！

* 即不插电。

音乐，在别处

每一次旅行，都是重新认识自己所熟悉的音乐或探索新的音乐的机会。因为对我来说旅行是一种分裂自己的机会，让自己脱离扮演已久的“姚谦”这个角色，借以清洗生活中养成的习惯反应，进入到另外一个时空，如同星际穿越般，抽离地面对自己。

特别是到一个语言不熟悉的国家，除了先感受到空气中气味的不同之外，第二个强烈感受到的不同就是声音。当周遭的人用着你完全不熟悉的声频，说着你完全不懂的语言，声音便汇集成一种频率包围着你。偶尔被完全不迎合你的陌生声音围绕，不得不把自己变成一个不能用经验去判断分析和联想的人。这样也好，这时候的自己又有了一个清新的灵魂，任何声音进到耳朵里，渗透到心里，都会有不寻常的想象和不明所以的兴奋！

我特别喜欢在旅行的时候听音乐，就算是自己熟悉的歌曲，在那段时间里也会产生新的认识、新的感受和新的灵魂。从此以后再听那首歌，纵然人已经回到习以为常的环境中，它却有了不同的意义。

旅行中听着当地的音乐，往往也是一种奇妙的探险。每到一个地方，如果有可能，我一定会试着接触或寻找完全当地的音乐，就像尝试当地食物般，纵然不明白他们唱着什么、想表达什么，仍然会因此感觉到靠近地气。寻找音乐的方法就是直接问当地人，经由他们推荐，以前是买 CD，现在是上网搜寻，往往都有意外的收获。每一段旅行都为自己累积了新的音乐，或是打开了某些旧音乐的新情感。让音乐去证实我在那个时间点去过那里。

上回在南非开普敦的维多利亚港，听几位老人组成的街道乐团演奏着六十年代的老歌，别有一番风味。我除了回报表达欣赏的小费之外，也买下他们自己刻录的 CD。回家后把歌曲放入手机里，每回听，都像又回到了开普敦维多利亚港。

我曾在意大利一家咖啡店里听到一首充满意大利风情的男女对唱情歌，听得我心动不已。凭借其中一段记得的旋律，我唱给唱片行销售人员听，并找到了那张 CD。这张 CD 至今还放在我的柜子里，而那首因为旅行而认识的歌，在旅行结束不久后经由版权公司得到授权，十年前填了中文词，就是张智霖和柯以敏合唱的歌曲《爱情开了我们一个玩笑》，分享给了听华语音乐的朋友们。类似这样的故事充满在我的旅行途中和我的生命里。

四月底去了摩洛哥，这个色彩最缤纷的阿拉伯国度，一方面受穆斯林传统制约，另一方面又长时间被法国和西班牙殖民，身处北非，一半花园一半沙漠……在这样多元文化的冲击下，果然音乐就充满了丰富的异国情调。记得行程的最后一站到了马拉喀什，导游特意安排了一家米其林餐厅。餐厅的装修与食物的精美就不多说了，重要的是用餐时播放的音乐，可把我感动得不知身在何处。这些年只要在外遇到打动我的音乐，我就立刻用音乐 APP 的“听歌识曲”，保留记录，回家后立马上网站搜索相关作者资料和已出版的作品。那段音乐出自一位闻名于阿拉伯国家的乌德琴音乐家 Munir Bashir，一位拒绝把阿拉伯传统乐器廉价情感化的音乐家。难怪音乐听着如此纯粹。这让我想起了国内音乐家吴彤先生，他一直致力于以华人传统乐器为基础的创作和表演，前不久他为吴冠中先生的画作创作了一首琵琶与钢琴对话的曲子《远山》，感动了许多不了解华人民族乐器的听者。

音乐没有国界，情感也是一样。国界是人为的设限，唯有透过相互的理解，和谐世界才有可能实现。而只有透过文化的交流，才有可能相互理解。音乐是一个方法。

当时的音乐

在我的经历里，所谓的旅程不外乎是出差或者一个人旅行。过往二三十年里，因为工作，经常带着相对拘谨的心情飞到一座城市；也经常为让自己放松心情而飞到另一个城市，去旅行。印象之中，在生活地以外的城市时总会给自己一些不一样的记忆，不过大部分都停留在影像记忆中，再立体一点的，就是当地美食的记忆了。

不过，很多事情都是忽然想起时，才知道它们那么深刻地印在记忆里。旅程里的一些琐碎片段，总是伴着一段音乐或一首歌，没来由、莫名地忽然想起。渗透在记忆中最深刻的，还是当时空间里的音乐。这么多年来，我发现大部分住过的旅馆和酒店都放着音乐，无论是大堂还是房间里。而每家酒店所采用的音乐大不同，或跟当地的风土有关，或以当时流行的音乐为主。绝大多数的酒店都会选用一些宁静舒缓的音乐，让入住者更快地有宾至如归的感受。

最有印象的是一家法国的连锁酒店，它有着较不相同的音乐观点。我记得，他们总是在不同时段、不同房间部署不同的音乐，都是轻快的带着法国情调的法语歌曲。不知道为什么，我总觉得用法语演唱的歌曲会有些愉快的气氛，也许是因为法语本身说起来就带着节奏感，特别是许多女性歌手唱法语歌曲时，在我听来总觉得她们会不自禁地流露出一些孩子气。我喜欢这种孩子气。我一直记得每回住在这家酒店时的心情，即使是出差，也会被音乐感染而轻松很多。

音乐与空间的关系，就像颜料之于白色的画纸。是一种创作，也是一种记忆的记载。在日常生活中，我也经常试着用这个方法来填补生活里可能因为各种缘由而变得苍白或枯燥的空间，例如洗浴的时候、起床的片刻，另外就是开车旅行的途中。我特别喜爱就地取材，开启车内的电台，寻找与当地气氛相近的音乐。沿路就让当地电台 DJ 选的曲子来填补我行进中的时空。

与音乐相遇，带着随遇而安的心情，绝对是一个很好的选择。前两天在广州，我又入住了那家法国连锁酒店，听着房间里 Beach House 的《Space Song》，现在回想起来，还以为巴黎就在附近。

重逢的感叹

把一群人的共同记忆，约好一个时间聚在一个空间里，然后唤醒，那是一个什么样的情景？

从前从事流行音乐的工作时，总是期许自己能够努力一些，多留一首歌在那个时候的人群生活里，日后若能被他们群聚一堂一起咏唱，那才是最大的成功和最值得努力的事。那代表着我与一群有缘生活在同一个时代的人，共同拥有过非常非常靠近的生命记忆，绝对是一种光荣，也是一种存在价值的印证。

自我还是个音乐聆听者开始，我的生命已经因为别人的创作而丰盛。丰富我青春的歌，大都来自台湾校园民歌。不只我，一整个时代的人都如此。时光悠悠，我们也已经中年，因为一个记忆相聚，似乎像个不言而定的约会。可惜我不热衷。也许因为自己早已成为音乐人，又在中年前遇到音乐产业最大变革，难免感伤，若非必须，总是保持距离，如此才可以客观地思考音乐的出路，而不自怜。“民歌 30”我没参与，“民歌 40”因为各种理由我到了现场。刻意冷静，没预备感伤。那些歌曲已经过了四十年，当年的我是一个热情的聆听者，后来加入了音乐产业，热情被带到另外一个地方，后来的聆听多是为创作而非回想，因而记忆不常常被翻起。只是那些养分早已经渗透在自己曾经参与过的音乐作品里。听“民歌 40”演唱会中途，我才忽然明白。

离音乐工作比较远了，我又回到了一个单纯聆听者的角度。在小巨蛋里，听着这些歌曲一首一首被原唱者再唱起。当年的歌者老了，我也一样，甚至有几位歌手已经不在人世。许多重逢的感叹跟青春远去、生命过了大半有关系。演唱会进行到一半，开始觉得骄傲——自己的生命与它们有关，大半生命时光与从事音乐工作的心情，都与这些歌曲有关系。纵然在演唱会中，歌者已没了旧时的青春表情，听者也换了另一种生命风景，但就在那几个小时里，记忆依然新鲜、生命依然光彩。这不是一场声光辉煌、高潮迭起的演唱会，有的只是一波一波歌者与聆听者互相牵引的情感波动。几次一瞥演唱会舞台上方的大屏幕，屏幕捕捉到台下人忘我跟唱的表情，都是我这一代人，散落人间四处，因为这个记忆而相聚。哎！原来矜持的中年人，也可以因为青春的记忆，放下武装的身段，在那一首又一首的歌曲中，回到青春无惧时的表情！纵然整场演唱会我刻意冷静地聆听，怕被向来在私生活中躲避的摄影镜头发现，不少时候还是遮掩不住被牵动着。台上有人谈笑风生，把当年说过的笑话重述；有人缅怀追悼昔日盟友的离开，不悲情却令人动容；有人为自己身体的病痛而感叹，怕表演不到位……人生的缩影从台上对照到台下各自的人生，因为那些歌曲，因为一次相聚，一一交换。

演唱会隔天我赶回北京，脑子里依然重复着几首歌、几句词：水牛、稻米、香蕉、玉兰花……

演唱会的魅力，歌的魅力

演唱会是透过群体聚集，点燃与联系共同记忆的一种沟通。许多人与一个歌手在同一个空间里相遇了，群众期待着歌手再唱一次他们惦记的某一首歌，纵然这首歌在网络发达的时代随时可以点击收听，随时可以重温。演唱会有一个很特别的魅力，那就是你最初听到的原唱者，或是与你共制记忆的那个演唱人，穿越时间，此时此刻在你眼前再唱一次，一起以过来人的身份回忆一次不能回去的时光。最重要的是，一首你熟悉的歌响起，许多与你有共同情感记忆的人，都借着这首歌重温着当时经历的快乐与悲伤,彼此发现大家都是落在“现在”的孩子,人事已非，初心犹在。这就是演唱会的魅力，也是歌的魅力！

前不久，江蕙的演唱会就启动了台湾人许多共同的记忆。演唱会有一个特别好的卖点就是邀请你的父母来聆听。一时间，买江蕙演唱会门票邀请父母聆听，成了表孝心的时尚方式。这也正好能反射呈现出过往三十年来台湾社会的演变状态，我想大部分离家的孩子都是一样的，即使尽心尽力对待父母，内心还是有着没在父母身边陪伴他们老去的亏欠。两地相隔，时光悠悠，可能各自听着江蕙的歌，形成了一份台湾经济起落时代的原声带般的记忆，江蕙的歌似乎联系在两代之间，是无法互相陪伴的空间的弥补，也记录了遗憾中的情感。于是两代人在演唱会里以歌声记忆彼此之间念念不忘的情感，这样非常感人的景象不断在江蕙的演唱会上出现，成了一道风景。

上周看了 A-Lin 的演唱会。演唱会现场跟着唱的大多都是初熟之都会男女。而 A-Lin 擅长的情歌绝少有少男少女的虚拟梦呓，她的歌总是紧紧贴着白领、上班族之类的青年们，关于在爱情与生活之间的挣扎、选择和苦恼。所以她的情感悲歌特别多，歌曲演唱难度也特别大。我发现整场演唱会能跟上她演唱的人却不少，一曲一曲下来似发泄似自勉。我聆听着，看着歌手认真而诚恳地唱完整场演唱会，也听到了歌迷们不离不弃的一次自我救赎。微雨的冬季街头，苍白灯光里的便利商店，捷运车厢中衣着整洁的刚加完班的白领男女，他们掩饰不了的疲惫，就凭耳机里 A-Lin 的歌来安抚。演唱会似乎能带他们去到爱情生活里迷惘、努力和心碎的过去，跟唱得艰辛，却也是安慰。

就如同演唱会上 A-Lin 的自我解嘲。她说，自己的歌实在太悲伤了，都是些需要非常用力演唱的曲子，一口气唱下来的确有点累。她问在场的听众：听着会累吗？当然不累，那是演唱会潜在的意义啊！

即使一段悲伤的感情回忆起来伤感犹在，但是不会累的，只是在重温那远去的忧伤中，确定现在的自己安好。所有的悲伤都让人成长。

隐藏无声的风华

应该是在一九八八年，我初次到北京，不久有机会去到圆明园看耳闻已久的艺术村。记得那是个晴朗干爽的冬天，也记得许多已完成的画作都晾在院子里，人却不知道都去了哪儿了。冬天的阳光下，一切景象都特别透彻，只是我完全没看明白那些画作要表达的意思，可能是跟我的生活经验和阅读经验相距太远的关系吧！当时我还没开始艺术收藏，只喜欢做一些美术相关的阅读，其中大多是与西方印象派有关的历史。偶尔也透过媒体知道当时台湾的艺术活动，隐约知道当时台湾前辈艺术家已经成为台湾艺术市场聚焦的对象，连带他们的学生或是学生的学生都画价不菲。在那个年代，圆明园艺术村与台湾的艺术市场是两个世界。

一直到一九九六年我才开始收藏，面对台湾的艺术市场因为经济的缘故已经价格高涨的局面，只能望而生叹。记得当时最常听到的就是“台湾钱淹脚目”，但是这一切好像与我无关，我只是个刚有经济能力的人。于是我只能在旁欣赏与了解阅读。除了当时台湾的一些当代艺术家，例如黄楫、苏旺伸、江贤二、黄铭哲等，还有机会接触小作品，大作早就被大藏家收藏，轮不到我。不过我仍乐在其中，买画回家不是我唯一的目的。

我借工作之便把眼睛转向东南亚，那时东南亚是一个运作比较成熟的小艺术市场，这也奠定了我日后以泛亚洲收藏来对照亚洲近代史的个人收藏方向。那几年因为工作常常飞往大陆，所以有机会买到一些书，开始阅读与体会中国近代美术，并且每回去都会抽出时间参观美术馆与画廊。当时大陆以西画材料创作的艺术品还是一个很小的市场，收藏者都是纯属爱好，更多的收藏者在水墨市场，收入有限的我自然能悠游在那小市场。举例来说，当时徐悲鸿先生、吴作人先生的水墨作品价格远远高过他们的油画作品。对我来说，那是一个天堂。于是我在自己的能力范围之内去收集资料及判断，开始了我的中国近代西画收藏。虽然心中仍渴望能收藏台湾前辈画家的作品，却不得不回避当时还热闹的台湾艺术市场。

二十年过去，两地的经济状态对换位置之后，曾经不被重视的二十世纪初中国大陆老艺术家的作品都成为人们聚焦的对象，价格比此前台湾地区艺术家的作品在高位时还高上数倍。而台湾艺术家的作品，无论是前辈艺术家或当代艺术家，却在这二十几年里，如坠落谷底般地直线往下，甚至在这十年间慢慢地被遗忘。所以我才有机会在这十年里回过头满足当年的渴望，一一收藏建构属于我的台湾近代艺术。

这是我常常想的一件事：艺术不是用价钱来定义的，我收藏的是作品本身与作者观看那个时代的感想。价格永远是随着时间流动而变动的，与作品没有直接关系。

这十多年是让我回头收藏台湾艺术家作品的时光，我常常庆幸这也是一种缘分，同时心中也有一些为他们坠落谷底般的状况悲伤。

此刻三十岁以下的台湾人，大概已经对二〇〇〇年以前台湾文艺蓬勃时的文艺作品无感了，其中文学、美术最是凄凉。在公共领域也鲜少有这样的资讯与讨论。台湾像是一个看似舒适、生活却荒凉的心灵封关之城。这造就了近期新闻："陈澄波画作被偷只有本人很焦急""钟肇政先生被官员质疑他是谁"的笑话。也让我亲眼看到，原来经济的兴起有助于文化的普及、流动与认知，政治角力却是最大的文化杀伤器。

在大陆时经常会在自己的手机或电脑上放上喜欢的台湾艺

术家的作品当桌面，例如苏旺伸、黄楫的画。偶尔被朋友发现都得到许多赞美与好奇，我却一直有遗憾。十年前曾自费办了“回首当代台湾系列”艺术展，在北京展览过，也出版了展览画册。这些年来能力有限，也不再有类似打算了。近十年来遇见的台湾拍卖会，看见他们大作品流出，从前只能在画册上见到的作品，如今只要经济允许都能以很低的价格收藏，既高兴也悲伤。

已经很久没有见到有人讨论陈德旺、萧如松或李仲生的艺术，也不容易看得到那时作品迎向大众的大型展览。曾经让人惊艳的当代艺术家如黄楫、黄铭哲等人，如时光退潮般失去了踪影。曾经的风华此时如失踪的人口般被隐藏在寂寞的角落，似成了一种宿命。无论是在台湾以内或是在台湾以外任何地方，这些曾发过光芒的文化痕迹都已隐藏无声了。

近期拍着艺术纪录片，又近距离地看着今日潮起与明日黄花，我知道我也终将老去。

在变化中，自圆其说

这半年因为过往的累积和一些机缘巧合，我开始对西洋古典艺术产生兴趣，这自然也反映在我的收藏计划里。我过往的收藏，全都来自于阅读——因为不了解而阅读，阅读造就了收藏，收藏又造成了继续阅读，这似乎是我二十年来收藏的一种轮回与愉快的宿命。

每回发现自己的收藏有调整与变化时，都会忍不住与自己对话：你的收藏是否有足够的理性思维支持发展？能否成为一个完整的系统？对于这些问题我当然有千百个回应，只是在自问自答的过程里，我发现了一件事情：收藏在很多时候是一种自圆其说的过程。自圆其说未必是强词夺理，但多少总带着一点为自己的变化而提供的说词，为安慰自己的欲望而做的一些解释。人以思想来面对世界并给予互动，人心的变化是不可避免的。只是如果你不去逼问自己变化的原因，不以理性逻辑去对照和协调，变化可能会造成思维跳跃，最终令思考散成一片，如乱麻般无法整理，失去变化可能给予自己的养分和灵感。只有经过不停地自我质问，才可能在混乱的局面里找到一些蛛丝马迹，来编织成一种适合自己的逻辑，并且找出自己因变化而成长的足迹。

足以说服自己的逻辑里面常常潜藏着自己心底未曾表露的潜能。例如这段时间我对于西方古典艺术特别有感，经过对自己童年与少年时期关于远古神话的想象进行回溯和推敲，我发现西方古典时期的人想象力最丰富。童年的我因为没有太多世故逻辑的牵绊，心中所架构的天马行空的世界都是由故事书里的文字或图片所激发。但随着年龄的增长，对于有凭有据的证实逻辑有了要求，却也给自己的想象力增添了限制。成年后，我们往往开始文艺化、极简化、拘谨化，开始满足成人该有的深刻，加上时代审美的趋势，终于让自己与大众共同做出了一个符合时尚审美的姿态，于是渐渐忘记了自己曾经的自由与不俗气。我步入中年后，通过收藏上的变化，开始意识到也许是到了摆脱这些世俗约定牵制的时候了。这并非出于表现自己独具慧眼的动机，也与未完待续的愤青志愿无关，是真的想透过艺术收藏来对照自己生命对于知性与感性的容量。艺术收藏是一个出口，也是一种解放。

人很容易被艺术圈里的耳语所绑架，在不知不觉中被大众审美的认同价值所约束。对此，我直到近些年才隐约有所体会：收藏是为了自己还是为了别人怎么看你?

对于西方古典艺术的收藏，我透过前人的收藏经验，慢慢接触。这个经历让步入中年的我仍能像个新生儿一样去学习、去体会。特别是关于颇具故事性的绘画和雕塑，前人已经有了许多的推敲、分类和论述，这些资料重新开启了我的想象世界。这是多么珍贵的经验啊!

近期，当我翻箱倒柜翻阅那些杂乱无章的艺术书时，才发现这方面的书籍我曾经收藏了不少，都是在各地美术馆看展时有感而发后买下的。看到这些书，当时看展览的心情又回来了。回想十多年前看到鲁本斯画作时的心情和反应，这时的重遇就有了不一样的感想与想象。将那时候自己的感想与现在的收藏两相对照，我发现新的变化足可以弥补现在与过往的距离。

真是一个耐人寻味的学习过程啊!

未满的画

曾经与朋友辩论过一件绘画作品，那是奥迪隆·雷东（Odilon Redon）的一件静物画作。主题是花瓶中的一些花朵与枝叶，其中有一朵浮在众花朵最外缘，与其他花之间有一段微微的距离，没有花枝支撑，悬浮着。我的解读是，这是艺术家有意地表现，但朋友却认为是因为作品没有画完。毕竟在奥迪隆·雷东大量的盆花静物作品中，极少这样的表述。不过，在他的布面油画作品中，偶尔会有这样的呈现，与他在纸上的粉彩不同，这样的处理似乎是他对宗教神秘主义精神的回应。当然这是我的推断，不会是结论。关于创作的讨论，最有趣的地方应该就在这里：阅读者各自用自己的所学和理解感受去推理出属于他的判断，而每个人对同一件作品的推断或多或少有着差异。

创作者已经不在，自然无法得到最终结论。就算创作者仍在，也许连他本人也说不明白，为什么就这样停笔了。艺术品的辩证与讨论也正因如此才有趣。创作者面临创作时就是一种探索，而阅读者各自的解读让这个作品有了多面的变化与各自的归途。为什么这么说呢？我留意到，在艺术市场里，那些与艺术家的大多数创作略有差异的少数作品，经常都会给人们造成困惑，而人们最简单的结论就是：这是未成熟的习作、未完成的作品，或者直接就以“伪作”来否决它。这是个有趣的推论，然而这样的结果，自然会让大部分收藏艺术品的人产生迟疑而规避风险。这就如同买艺术品时大众习惯先看名头再来决定价值一样。有趣的现象。毕竟作品的解读来自于各个阅读的人，当人们对此无法做出判断时，经常就会回到生物本能：躲开或好奇。只要牵涉到金钱利害关系，往往会先回避风险，这是最自然的选择。

艺术品，是否只有建立在大名头和已知的完整资讯以及多数人的认同上，才是最对的艺术品呢？以上几项是让艺术品得到更高的价格所必需的条件，而且稳妥的收藏是艺术品收藏王道，但这也造成了以金钱来决定收藏好坏的俗世价值判断。

纵然如此，我想，在收藏的世界里应该有各种面貌，好奇心应该也是有其价值的。为一件作品孜孜不倦地研读求证，利用各种资料来佐证自己对一件作品的判断，这样的收藏家应该也有不少。不过这样的人可能较少会迎合别人的喜好，更多是在自己的收藏世界里实践。对他们来说收藏最重要的是自己游走其中的过程，而不只是买到作品后的满足。收藏者只是艺术品短暂的守护者，不是真正的拥有者，因为艺术品的生命比人的寿命长久。所以收藏更多的动力是为了探寻，这个过程中往往会让自己在生命里阅读到更多的事物，透过自己欣赏的作品去了解属于作品那个时代的世界，去了解创作者当时的思考。

一件作品完成与否，真的很难论定。最近纽约大都会艺术博物馆布劳耶分馆的开馆展“未完成：可见的思维”（Unfinished: Thoughts Left Visible），从文艺复兴到当代艺术馆藏中，挑选出一些看似未画完的作品，让阅读者感受“自己以为”的未完成，去解读艺术家创作时的思维。当这些作品并存在一个空间里，似乎也在挑战着我们对一件作品所谓“丰富与完整”的定义。在我的收藏里，有几件作品也是这样的。当时其实是做了许多比较与阅读的，最终不顾市场的价值下定决心收藏。另外我也明白，这样的作品与别人认定的金钱价值无关，这才是更纯粹的收藏。

我还是很乐意相信，越来越多的人对收藏的标准与价值判断，是来自于自己，而非随着市场一波波的热潮与观点架构起的曲线图。

把它当探险一场

亚洲艺术市场这些年来风起云涌，西方拍卖公司纷纷把关注眼光和行动力都聚集在亚洲，全面地影响了亚洲艺术商业，许多亚洲艺术品收藏者已经从中找到了属于艺术品交易上的一些探险乐趣。

拍卖这种交易方法，隐约也带着试探人性的意思——透过拍卖来经营一场竞争，创造出让人惊奇的故事。在拍卖中只要有两个人都抱着非拿下不可的决心，往往就有造成一个惊人数字的可能，然后是聚焦的新闻和随之而起的无数波浪。同时，拍卖也可能残忍地揭开商业上的无情论述。或锦上添花，或把不适应此类竞争场合的艺术家推入深渊——艺术的潮流、作品的市场起伏转换，艺术家们总要面对一些无法解释或说明的处境。

面对艺术品收藏，我还是长年选择信任的拍卖行来调整我的收藏。拍卖行之所以一直吸引我，不是因为他们的市场导向，更多是因为透过国际型拍卖公司，我反而可以脱离眼前所谓的市场热潮，透过拍卖公司的世界触角，去接触自己在地理位置上难以涉及的区域的艺术品。毕竟，在系统管理上有一定水平的拍卖公司，在不同区域应该都有相对应的艺术标准。而经过他们专家的筛选和分析，可以使我快速地理解，以最直接的方式进入那些陌生区域的艺术领域。

这几年下来，常来往的拍卖公司都好奇过，一个台湾出生的华人，怎能如此跨越地进行艺术品收藏。然而事实证明，艺术品收藏已经走向无国界时代，特别是在当代艺术上。例如二十多年前，我就是在参观了新加坡美术馆和画廊一段时间后，遇到当地的拍卖公司，进而开始了解东南亚艺术的多元面貌。也更确认，在未来的艺术品收藏上，可以透过不同地域的美术去观看当地历史与文化。

除了亚洲以外，之后我也透过拍卖公司了解了中南美洲、北欧、东欧，甚至以色列的一些艺术。那些区域当代艺术品的拍卖我也曾参与。好的艺术品可以穿越时代、穿越地域打动我。而这份打动也可以扩展我的眼界，以及对这个世界的了解。了解当下，也了解过去，然后组织成属于我自己的世界观。

这是我由拍卖公司的路线延伸而来的自娱自乐方式，除了跨地域的艺术探险，也跨越了时代。例如两年前开始的 Old Master 的收藏，都建立在拍卖行的各种因缘际会之上，拍卖公司的专家常常会成为与我讨论的朋友。在这个越来越平的世界，透过拍卖公司的资讯，勇敢地与信任的专家讨论，收集并阅读相关的书籍，已经是我闲暇时常做的事。

网络世界给予的便捷，是资讯的快速流通。在轻易可以得到资讯的时代，深入的阅读千万不要忽略。只有深入阅读才能建立自己的收藏观点，否则终将掉入浅薄游移的被动立场。这些年艺术市场快速发展，利用网络时代的快销特性，把某类型艺术品作为季节性的热潮商品，已成常态。不过好好利用拍卖公司暗藏的另一面丰富性，我仍可以轻松地在一些被忽略的好的艺术品领域里悠游，不会被快销艺术困惑。在我的经验里，艺术品价格的起伏并非代表作品的好与坏，起伏更多是时势与人为因素造成的。当我有更多选项、有别处可去游历时，就能轻松避开拍卖公司最期待的聚众竞争的金钱较量了。也只有更多方地阅读不同地域的艺术品，才可以对照到自己周边、地理上较近的亚洲艺术。

我常常开玩笑跟朋友说，当一件亚洲当代艺术品被炒热的时候，我更乐意看看别处，多收几件日后才会被发现的动人作品。

肖像的延伸阅读

不久前，第一次去俄罗斯旅行，大半的时间待在圣彼得堡。当初旅行计划里的首要目的地是艾尔米塔什博物馆，因为它收藏了太多我神往已久的印象派作品，果然进出三次依然意犹未尽。不过当旅行结束后，我最难忘的行程却在另一个博物馆——俄罗斯博物馆。

我想这是有原因的：看到许多文章提起俄罗斯美术教育早年对中国的影响，后来也慢慢地在许多展览中看到一些学院派艺术家的作品，才隐约地体会出许多中国北方写实绘画里的色彩与精神和俄罗斯美术的关系。这回在俄罗斯博物馆里待了一天，算是第一次很正式、较全面的接触，不敢说此行让我对俄罗斯美术的理解有多深，但感触还是蛮多的。我不由得想试着重新认识这个看似高冷却神秘的民族。过往透过他们的文学、音乐嗅得到坚硬刚冷的外表之内浪漫而温柔的情怀。这回因为旅行中与人群的接触，身在其境时阅读其美术作品，确确实实打破许多过往来自他人的印象，能完全以自己所见和所想去看这个民族与文化。

特别在俄罗斯近百年的人物肖像美术上，我如发现了个新天地般，看得流连忘返。

肖像一直是美术里最常看到的题材，但是有可能是最枯燥最难懂的一种。近一年多来,因为在西方古典艺术的好奇探索中，肖像画是其中最重要的功课，才引起我的耐心理解。

自古肖像绘画里就有着太多以人为本的情感表述：创作者是如何理解与对待一个被描述者——是熟人、陌生人？是主动创作或被动的商业要求？延伸到时代的审美、绘画的目的，都有其丰富内容可供解读。首先，肖像绘画牵涉到人与人之间的微妙关系，自然就包含了可明讲的和隐藏的阴阳明暗，读这些是读画时一段最奇妙的时光了，因为阅读者也是人，自然会以自身的经验与想象去读，阅读创作时描述者与被描述者之间如何互动。因为被描述者已经在绘画发生时被创作者定义了，当我们阅读时，完全是一个人从另一个人的主观里去看第三者的所有讯息，所以作品已经不是完整地反映被描述者的所有，它是描述者把自己融入被描述者身影里的结果，而阅读者又把自身的经验投入在理解这个结果中，成了另一个结果。所有的理解与融入均各自带着创作时与阅读时的时代感、价值观、审美观等主动成分，令肖像绘画的讯息传递比其他类型作品更复杂与主观。

在我的观察里，肖像绘画创作在当代艺术中是少数。其中原因除了硬技术的要求太高以外，更多的理由是，相较之下，以具象来描述情感的抽象比纯以抽象来说肖像是难太多了，尤其在这个命名与包装比内容重要的艺术商业时代。在这看似人与人之间交往越来越容易与频繁的网络时代，却也正是肖像最孤独的时代，人们已经很习惯透过各种方式来包装自己，或以虚拟的角色来假扮自己。我们都知道在这摄影发达的数字年代，网络上随处可见个人私平台里的自拍照，都透过同一种审美的美拍与修图程序，让一张张顾影自怜、没有差异化的自我肖像图片，不断重复地求得认同，也表达自己的存在感。这样的肖像已经是一面时代的镜子。时代气息绝对会反映在肖像上，这个时代人的内在也因此被表现出来，更多是关于虚无的表达，与美无关。

我对肖像绘画的关注，还是要从今年夏天伦敦古典艺术拍卖说起。我着迷于一幅十八世纪的双人画像，画中长相非常相似的两位丹麦公主，穿着相近的服饰，戴着相近的珠宝，甚至摆着相近的姿势，只有手的位置和表情略有差异，整个作品呈现出神秘的气质，令人着迷。因为对于古典艺术还在学习了解，我没敢轻易举牌，错失之后，还常常望着图录中的这张画作，想象着：是谁画了这张画？画中两人被画的原因与心情如何？而她们为何摆着如此姿势？两人交叉的双臂是主动或被安排？她们想表达什么？创作者又想表达什么？

我找了一些与画作时代相关的资料开始做延伸阅读，这也启动了我的一个联想与念头：每一幅肖像都是一首一首各自独立的歌曲，从创作，到表达，再到被阅读，都有着各自芬芳待解的情感——何不让肖像绘画与音乐跨界互望？透过音乐的空间去穿越和解读，借着年轻音乐人与不同艺术家的眼去看，也许能得到不一样的解读。毕竟还原历史对我这个非专业者是困难的，但是延伸想象、看看同一时代人的其他想象，还是一件能力所及又有趣的事。于是我邀约了近期特别欣赏的音乐人陈粒合作，再邀请了我喜欢的年轻摄影艺术家史国威，与剧场影像多媒体艺术家周东彦。两位用不同角度的艺术创作，以陈粒的音乐为底色，重新解读这张令我念念不忘的双人肖像。过程有趣极了。

毕竟看人是本能

一年没去东京了。这次去看了藤田嗣治诞辰一百三十周年纪念展。展览的作品不多但是都很精彩，似乎以前大展漏掉的一些作品这回都补上了。

因为这个展我第一次到了东京市偏边缘的地方，已经不在东京核心的二十三区内，是一个在公园边上的社区美术馆。这次展览依然有许多他的白色裸女画作和素描，自去年香港拍卖会上的白色裸女创下拍卖纪录之后，藤田嗣治的市场行情似乎也被带到了较热门的艺术家的地位。当然，去年小栗康平那部藤田嗣治的传记电影功不可没，我很喜欢那部电影，纯粹从电影角度看也是一个成功作品。借跨界的能量，常常让人们对艺术的解读更立体。

今年的秋拍有几张常玉纸上人物素描上架，热烈的情况几乎压过了同期的藤田嗣治裸女油画。我想对人物的描述一直是艺术家很重要的表达，无论藤田嗣治在白色裸女、自画像中的描述，或是常玉在他的粉红、黄色两个阶段的裸女描述，还是西方古典绘画里的人物描述，经常是一个让阅读者最容易进入艺术家的情感以及视野的方式。毕竟看人，是每个人天性中的本能。

记得上个月在俄罗斯旅行时，圣彼得堡的俄罗斯博物馆特别地开阔了我对人物绘画的视野。在俄罗斯艺术史里，人物肖像作品占了相当大的比例，特别是在近代绘画中。那延续古典又融入当代的具象描述，自成一种俄罗斯人的风情。同时，我也探索到它对当代中国艺术家人物描绘的影响。

每个民族、每个时代对于眼前人群的记录，都有很明显的差异。俄罗斯的近代美术保留着相当严谨的古典绘画技术，却也注入了新时代给予人民的性格上的变化。特别是对一些文艺人物的描绘,的确让人着迷。近代俄罗斯处在命运多诡的时代中，自然让身在其中的人物气息有了变化，他们都表现出了坚定又浪漫的悲怆，是一种时代的感叹。这个时代的俄罗斯音乐与文学中也都闻得到同样的气息。

回看古典艺术，肖像人物几乎都是对皇室和贵族们的描绘，在艺术家恭敬描绘的表象下，隐藏着耐人寻味的差异，让后世阅读者猜想、判断。这是古典艺术最让人着迷的地方。今年夏天伦敦的一场拍卖里，有一张双人绘画就让我着迷不已，可惜没能收藏，却念念不忘。我借着这张十八世纪双人物肖像突发奇想，想看看年轻一代怎么解读这样的艺术，于是邀约了几个朋友一起来做延伸创作。

陈粒是我近期觉得最好的一个华语创作女歌手，年轻独立，充满了神秘的想象力和旺盛的好奇心。史国威是今年遇到的让我眼睛一亮的摄影艺术家，他有着固执却细腻的观点。周东彦则是活跃于台湾各种表演舞台上的多媒体艺术家。我把双人绘画作品图像与相关文字交给他们，由他们三位角色各异的艺术人去解读与延伸创作。于是，音乐、摄影、影像借跨界的能量发展起来。*

* 几位创作出的即影像作品《大梦》。

读书、观物、对照

安东尼·葛姆雷是我特别欣赏的一位艺术家，对于我这个对雕塑认知尚浅、对立体艺术了解不深入的人，他的作品仍然可以一次次地感动我。在他的作品中，不单单只是有形体，更多是有精神上的提问。他试图透过作品感染人群，或与人群交流他对于这个世界与时代的感想。

就在我开始阅读《安东尼·葛姆雷谈雕塑》的同时，收到好友陈仁毅先生寄来的新作《中国当代家具设计》，他是一位极优秀的古董商，许多博物馆经由他收藏到了非常经典的中国古典家具。我与陈仁毅相识多年，在我心中他一直是一位儒雅的古董收藏家与艺术爱好者。这样介绍可能有点狭隘，事实上，他在我心里就是一位艺术家，不单单是设计着一件一件家具作品，更多的是以这个时代对话过去华人生活中的美学概念，借新创作的家具为平台表达出来。他经手的无数古典家具经典，都在他后来的家具设计里一一表露，更多是化为精神层面的感染力。这点与我对于安东尼·葛姆雷的作品的感想相近。我试着用交错阅读的方式读这两本书，居然读出一些对照的趣味。

许多人认识我除了通过音乐，可能就是通过艺术品收藏。我几乎聚集在偏西方艺术的收藏上，虽然这点看似与陈仁毅没有交集。不过跟他较熟的朋友都知道，他的美术品位极高，在当代艺术上也有很独特、精彩的收藏。这让我们在收藏上有了交会。后来到他的工作室拜访，他是个慷慨的人，很乐于分享给我他的收藏，这点燃了我对中国古典家具做粗浅了解的兴趣，而更感染我的是陈仁毅对于古典家具的热爱。渐渐地，我也对属于华人的审美有了入门的认识。家具依附着人在生活中的需要而生，也对照着建筑：建筑是人生活的空间，家具是生活里细节的具象表现。这是一种立体艺术，透露了时代在生活上与精神上的需求与反映。

通过仁毅我收了几件自己非常喜欢的古董家具放在生活里，不只是观赏，而是使用。例如一张极简的明朝画桌、一个陶面的大书柜、一把很文气的四出头黄花梨椅，都一直陪伴着我的生活，使用至今也十多年了。另外，我特别钟情文房四宝，尤其是明清两代的。许多件都是仁毅割爱，我摆在桌上、生活的角落里，时时玩味。这些小物都是仁毅不涉及商业的私人爱好收藏，都是我当时看到后忍不住求他让给我的，十多年下来也攒了许多,成了我的收藏。如今放在我的柜子里偶尔拿出来玩赏，有棋盘盒，也有小书架，十分幸福。因为这些小小收藏，我有机会体验了一些古人生活中的乐趣与审美。

这些年来，看着仁毅不以获利为目的，在古典家具的延伸创作上花了许多心思，十分佩服。他说起古典美学中的内涵，有几个观点让我点头如捣蒜，心中甚是服气。比如细节藏在磨功里，关于隐性的优雅，虚实软硬与动静穿透之间的审美，等等。特别是美学中“退与让”的哲学观。

透过欣赏家具美学的，延伸到从精神角度来观物、物与精神之间的关系构成，就是一种艺术。这与安东尼·葛姆雷以人体雕塑度量时间，来创作他所有作品，有相当程度的对照，在精神上有相通之意。

我想，世界上所有美好的事物必然与创作者或者时代里人们的精神是相通的，而美不该只有宏大表现这一个方向。这点与时下以虚张声势为主流的当代艺术审美观有着很大的差异。当然，经过时间沉淀与人们静心地阅读与交流，好的作品、好的艺术品终将被时代留下来，就算它是被使用的一个物件。

争过一幅画的缘分

好友刘钢先生是位低调、有品位的收藏者。我与他算是不打不相识，曾经与他在拍卖场上争过一幅画。当时我们彼此并不认识，直到两年后到他家拜访，惊讶地发现刘小东的《父与子》是他赢得，正是那幅画令我对中国当代艺术有了兴趣。

那次拜访在二〇〇二年，距今已有十五年了。后来有机会多次与刘钢先生聊天，每次都受益颇多，不只在艺术上，在文学、思考逻辑、价值观上都是满满收获。我感觉到，刘先生和其他人最大的不同点，是他看世界的视野和人生价值观。他有异于常人的理性梳理能力，又有丰沛的感性。我曾在他家看到，老北京地图与当代前卫艺术作品共同展放在家中，这多么不同于别人的收藏理念，他是透过交叉古今来感悟自己生活的时代。而他“父子”系列的收藏，都是我曾经见过且深深打动我的艺术作品。

最近阅读他的收藏文集，深有感触。刘先生在整理其收藏的同时，深刻地叙述了自己的收藏感想。这种梳理收藏的方法让我有机会阅读到比我更优秀的人的思考。绝对是一种让自己客观面对自己的方式。

书中以对照的方式，通过藏品创作者的时代与思维，对照着当今的阅读和资讯收集，昔日与当代相辅相成：既有不同岁月的时代感，又有清晰的当下感，耐人寻味。从清末外销油画到当代观念艺术，从大时代事件（《重庆大轰炸》）到小时代绘画，从女性裸体像与雄性荷尔蒙到男性裸体像与同性恋……读着他的书，如同与其当面谈天，有条不紊娓娓而谈，因为谈的都是艺术，所以处处浪漫！阅读他的文章，似乎进入一个刚柔并济之人的思想里。在他眼中，艺术既有理性思考，也有感情冲动，理性泾渭分明，情感清晰透彻。

我们常常不容易看到理性者感性的一面，然而刘先生最打动我的，是他对每一件作品透过理性进入感性理解的部分。这份感性理解比纯粹的感性艺术阅读者更为深刻，的确是一种面对艺术最高级与大器的方法。外表上他是儒雅庄重的大律师，内心却如此自由，对于情感面的触动与理解是如此深切。这是我羡慕的。

我一直相信接近艺术最大的好处，就是可以透过艺术让自己与时代、与创作者、与别人最深入地沟通，这点刘先生完全做到了，而且远远走在我的前面。还记得，十多年前一个下午与他聊起夏星的作品，他的理解穿透了人眼可见的情欲画面。当时我才明白，在夏星作品的画面以外，更多是艺术家本人的文学阅读和古今之对照。这种对艺术的解读跨越了性别、跨越了时代，同时也跨越了固执、封闭的制式思维。受他的影响，我开始收藏夏星先生的作品。而后发现许多我们共同欣赏的艺术家也都分别在我们的收藏之列，这让我沾沾自喜，觉得自己眼光还不差。

阅读别人的收藏实在是非常深刻而愉悦的事。我特别喜欢读一些西方收藏前辈的专拍图录。这些图录告诉我，他们面对那个时代时，如何用一生去与艺术亲密对话、与艺术共同生活。而阅读同时代一位有独到思想的收藏者，更是珍贵与不可替代的经验！

一个人的收藏，他人是无法复制的。而艺术收藏常常会让我们更客观地面对自己的生命，也让自己感觉到：活着，并不寂寞。

生活在艺术里

通常，你想去拥有一件艺术品的前因是你喜欢它，而当一件艺术品在世俗意义上、法律定义上属于你时，你会如何面对它？放在你觉得最安全的地方，保险柜、书房、卧室？或公开展示于门前花园、美术馆?

艺术品的价值是浮动最大的：也许对别人一文不值，对你却不是这样；也许你不觉得它特别，别人却认为它是稀世珍宝。你拥有的艺术品对你本人的意义与价值，常常决定了你与它相处的方式。

收藏艺术品至今，多年来遇到许多和我一样收藏艺术品的朋友。我想，应该分成两类，并非喜欢与不喜欢的分别，而是愿意与艺术品相处的，或是把艺术品放在仓库里锁着的，这两种。尤其在这个艺术市场蓬勃的年代，把艺术品当资产锁在仓库，似乎是更多数人的选择。虽然买进这件艺术品时，的确有考虑过喜欢与否，但因为觉得价值昂贵，更多考虑的是艺术品未来可以创造的增值，这样的原因令拥有者做了将艺术品直接放入仓库的决定。

我收藏的艺术品有些放在仓库里，有些放在生活里。毕竟经济能力有限，自己的生活空间不是特别大，可放的艺术品有限，所以不能把全部收藏都放在生活里，只能选择轮流挂上。什么时候在生活中放什么艺术品，是我几乎每两三个月必然做的调整动作。幸好现在艺术品管理服务已趋成熟，我少了收藏管理上的担心，可以把更多心思放在我与艺术品相处的思考里：什么季节、什么心情、什么空间，该放上什么样的艺术品。

我把有着特别情感、收藏特别久的小作品，几乎都放在我的卧室，比较少轮替。因为卧室是非常隐秘的空间，只有我一个人，特别是像我这样一直单身的人。卧房放的艺术品，常常是自己睡前和醒来时，第一个见到的亲人。在台北的卧室，一直放着近十件小艺术品，很少更动，许多都是与我生活相处了十多年的收藏，偶尔被美术馆借展离开我的视线，都会忍不住思念。这些小作品，作者也许不符合现在艺术市场“大”和“流行才是重点”的选项，都是些抒情的小品，作者也都是我比较偏爱的艺术家。毕竟，卧房是放下所有戒备进入最放松状态的一个空间，相处的艺术作品也都与记忆和感想有关。

在我的书房，则经常挂着论述性比较强的作品，多跟时代有关，譬如台北书桌前，挂着苏丁的一张风景画，这与我对巴黎画派的理解有关。

在客厅要面对家人和访客，我则放着一些可以跟人说明、与人讨论的作品。这样的作品也许可以表达自己，反映自己面对外界、面对人际关系的看法。当代作品可能较符合这样的情境，而近期对古典艺术有兴趣，这方面的分享也是我乐意的，古典艺术品也成了我选择放在客厅的作品。

我在浴室和卫生间里也会放艺术品，常常放着比较隐秘暗喻的作品。近期我挂着毕费告别世界前最后的一张小丑画像：混乱的笔触，反映当时作者身陷帕金森病的绝望；而吐着舌头的小丑似乎是他对世界、对生命的最后回应。也许不是很讨喜，但在一个封闭面对自我的空间里，我觉得较为适合。

我常计划着下次在家里该挂些什么画，然后请艺术品管理公司把画调来挂上，再把原先墙上的画好好包装寄放到仓库里。这样的生活节奏几乎是两三个月一轮。四季变化、生活上的变化，都让我想着下个阶段该跟什么艺术品相处。因为这些作品都是我的收藏，我有权利也有义务要与它们相处，将这些艺术家曾经的想法放在我生活中，与我此刻的生活有些对照。

对我来说，艺术品收藏放在生活里是极其重要的。本来收藏就是一个流动的变数，我只是暂时的拥有者。挂在家里或者到艺术市场卖出再收新的作品，这样的流动代表着我生活上的变化。每次新收藏的作品送到家，我总会优先挂上，因为它正清晰表达着我此刻思考上的改变，我透过努力才拥有了它。在自己的生活空间放入新收藏的作品，也像是与新的家人有好的开始。我希望所有收藏过的作品，都真实地走进我生活里，而我的心也能进入这些艺术品的生命。

My Dear Art

你闪着星星般的光
却不一定持久
你面向哲学的形容
却难自圆其说
我抚摸寂寞的心
叹口气决定继续溺爱你
My dear art

你说着我不懂的言语
比沉默还要坚定
你面向人潮的眼睛
表示不是商品
我低头后仰望你
叹口气决定继续溺爱你
My dear art

我飞到美术馆的窗台
以为可以守护你
我囚入艺术仓库里
伴你冷宫冬眠
被忘记是宿命 你说
我们终于互相了解
My dear art
My dear art

作词：姚谦 / 作曲、编曲、演唱、制作人：陈粒
电影《一个人的收藏》主题曲

观看的视界　歌

这十年我没有一日停止思考“音乐产业该如何存活”。我刻意回到一个音乐使用者和消费者的位置。应该把自己放在更多不同的位置去听音乐、去生活。

只要音乐被使用了，不论以何种方式，使用了就成了他人的生命经验。音乐同语言文字一样，已经进入生活，充当着沟通的元素。

在画作里，我们能体会到时间、感情、价值观与思考。艺术最珍贵的不就是这个吗？

音乐的新沟通力

音乐的新绿

记得那年有感而发，说唱片已死，音乐还活着，只是方法没找到。

距说这话已经过了很多年，对看似离开了音乐产业的我而言，音乐的生存模式仍是我心中最待解的思考。我在华语唱片开始起变化时加入，参与了这个产业整个跃升的过程，前后不过短短二十年光景，从起飞到滑落与变化，我们措手不及。

最终我才想明白，唱片业并不代表音乐产业。唱片只是音乐产业微小的通路之一，不能再以唱片惯性思维去思考音乐产业。

数字音乐平台已经成了主要的音乐流通平台，却未如预期般完全地取代唱片过往在音乐产业中的地位。“唱片已死，音乐还活着，只是方法没找到”是看法，也是跟自己的一个宣示。于是我辞掉国际唱片公司的管理工作，也离开了与唱片相关的音乐产业，只继续从事音乐创作。

转眼快十年了，这十年我没有一日停止思考“音乐产业该如何存活”。我刻意让自己与音乐产业保持适度的距离，回到一个音乐使用者和消费者的位置，才更客观地看到事情真实的另一面，才更明白音乐聆听者与这个世代所有的新变化。这十年我少量地写歌词，不再为了生产而生产，大部分创作都是与音乐产业通路新思考有关的合作作品；支持新的音乐人、跨界音乐、影视话剧等相关的音乐创作；同时冷静地看着这十年随着各类电视音乐节目的再兴起，音乐又回归群众的生活与娱乐。对未来听音乐会变成少数人生活习惯的担忧就此卸下。

随着电视音乐节目的兴起，我似乎看到了许多以前并未看到的端倪：听音乐的人对音乐的需求可以有很丰富的变化可能。另外值得关注的是音乐节、LIVE 表演的兴起，和这类形式运作不久便过量、质同、快速膨胀所造成的瓶颈。吸引人群的新曲目和新的音乐人远不足以支撑出循环的市场生态。电视台造星、造曲的热度只够供给一季的节目寿命。音乐相关产业各自蹿头，却还形成不了一个生态链。

在这个时代，只有了解群众，才能知道如何重新建立起一个健康的、供需流畅的生态。我在不同的族群里穿梭，试着从他们的角度听音乐，看见这个新时代里音乐开始有了更多样的分众。唱片时代，主流音乐可能由百分之八十相似的某种新流行音乐定义，剩下的百分之二十才让各种其他音乐瓜分；未来却有可能百分之八十是由各种类型的音乐占据，从古典音乐到概念音乐，各自有其拥护者。

数字网络改变了人群的生活习惯，生活习惯的改变也造就了消费的改变，特别表现在文艺品位与消费观上。三十年前我进入华语唱片业，正逢台湾电视台与电台媒体兴起并且逐渐开放的时代，有更多的民间资金投入文化产业，因此有更多的空间容纳新的文艺作品，引发了群众参与和消费的意愿，促进了八九十年代台湾文学、音乐、电影、艺术等产业的兴起，人们将自己对文艺的爱好纳入生活消费。当时西方五大国际唱片进入，华语唱片产业学习了他们的系统经验和财务管理，短短几年台湾华语音乐遍布亚洲，甚至去到西方，把唱片消费延伸到各种可能跟音乐有关的生活中，并形成相互支持的生态。特别是卡拉 OK 文化的创造，几乎令整个音乐消费倍数成长，繁荣了音乐，也培育出许多人才与作品。最近，我似乎闻到了类似当年唱片兴起时的气息，因为此刻大陆网络对于生活的涉入度已渐渐稳定，架建也趋成熟，音乐再兴起的时候可能到了。

今年是个寒冬，连不下雪的台北都下雪了，而北京连续一周都在零下极低温的严寒里，仿佛是一场严冬最后的洗涤。我台北庭院中的植物首次面临了近零度的低温，寒流一过绿叶纷纷落下，露出秃枝。有过北京过冬经验，我知道这反而是件好事，只有落尽过往的旧叶，春天一到树木才会茁壮出更旺盛的新绿，生命力也将强胜过以往。希望音乐产业也是如此。

音乐的新沟通力

Adele 最新单曲《Hello》在发表一周后，成为许多数字音乐网站当日的点播第一名，甚至到目前为止已经是美国首周下载销量历史第二名的成绩了。这似乎显示出数字音乐的使用已经达到了一个成熟而稳定的阶段，因为数字音乐已经成为人们接收音乐最大的选择。随这首歌同步上架的音乐录影带同时也在 YouTube 和世界各地视频网站露出，纷纷达到惊人的播放量。这也看得出视频将是人们得到各式音乐资讯最快的方式。前不久看了美国《商业周刊》上的一篇文章，在某付费视频网站负责人的专访里，更证实了这点：当数字技术成熟、视频是人们收取各种资讯的第一个选择时，图文讯息不再为王。数字技术改变了很多人的阅读习惯，视频媒介必将会在这些年里与群众沟通，无论在商业还是非商业领域都将快速而全面地兴起。

视频里的元素，除了画面以外，最重要的就是声音了。而声音种类中除了语言，最重要且最能影响人群的将是音乐！这番逻辑推演着，音乐将不再如实体年代成为商品，它成了新时代的沟通工具。

音乐在数字时代无法逐一计价收费，却能促成人们的交流，在交流中产生许多商业契机。我之所以把这事情放大，然后做逻辑推论，无非是想证实，音乐同语言文字一样，已经进入生活成为人们沟通的基本元素，这都是数字时代兴起而产生的改变。音乐不再只是商品，它还必须带有沟通的特质，一首好的音乐作品如果能准确地发挥沟通的能量，也将成为人们重复使用与习惯的工具。并不是说音乐不再是独立的艺术创作，而是说音乐将会是创作中最具有沟通能力的一项。这样的改变就与过往实体音乐年代有了最大的差别。音乐如何放在生活中充当沟通的元素，会决定这首音乐是否成功。

Adele《Hello》的成功，首先应该来自她四年前的专辑，除了作品好听、打动人，其中许多单曲纷纷被众多选秀与竞技节目所使用，人们对 Adele 的音乐产生了信任。她的歌代表了有能量的情感和较高超的演唱技术，因此人们纷纷使用 Adele 的歌曲，企图用它来代表自己的想法和姿态。

反观目前的华语乐坛创作型音乐，可能还停留在旧式审美的“好听”价值上，因此仍有着不明朗、未独立的角色性格，所以距离以数字沟通的群众仍有一段距离。放眼商业型音乐作品，往往是浅显的自我复制，没有明确的性格态度和表达其内在意义的企图。这也造成了近年来只有《小苹果》在泛华人地区成为唯一全面走红的歌，似乎很难找到新的取代者。

不过，我还是乐观期待着。参与金马奖的评审之后，我发现电影世界里的音乐已经解开了制式的拘束，有了更多元的发展。这似乎是个好的开始。

音乐无论在电影里或生活里，都应该有强烈情感诉求和沟通的能力。这观点是我想提醒所有参与音乐创作或音乐工作的朋友们的。

金马记：不要放弃

今年我又参与了金马奖，以唯一业内角色参与音乐部分的评审，觉得责任重大。因此在过程中特别仔细地聆听每部电影的原创配乐和主题曲，事后再上网搜集资料，做横向比对。

此次五部入围电影的原创音乐都是我非常喜欢的：《青田街一号》的主题曲《纠缠》是乱弹阿翔的作品，他一直是我欣赏的音乐人，这首歌以有力量而轻快的摇滚节奏，去描述一个令人啼笑皆非的鬼故事，创意十足。《踏血寻梅》的原声配乐中，北京音乐人丁可复古怀旧的迷幻电子音乐，渲染了整部电影的迷惘气息。《我的少女时代》主题曲《小幸运》，随着电影在商业上的成功而流传在台湾的大街小巷，从心理角度来看，此曲符合了此刻台湾沉溺小确幸的状态。歌舞片《华丽上班族》的歌曲由罗大佑、林夕、陈奕迅三大音乐人合作，十分精彩，自然不可小觑。

最打动我的还是《太阳的孩子》的主题曲《不要放弃》。记得电影最后音乐响起时，我泪流满面，想起几次难忘的台东行，原来在美丽的风光下还隐藏着这些人、故事和音乐。这首歌朴实无华而又贴切地支撑着电影，有种未完待续、一切才开始的感觉。我上网找了资料：作者与演唱者是同一人，舒米恩。我在他的音乐中完全可以听到属于他血液里的民族原色彩。他让我想起十多年前，在西班牙的 ballroom 里，首次听到 Coldplay 的 Chris 钢琴独唱。当时 Chris 还是一个没有专辑经验的新人，在百代唱片国际会议中，英国公司特别把他带到会议中途，为我们表演。我被他的真诚和不靠包装的朴素音乐所打动，一直难忘。

而舒米恩这首《不要放弃》也有着相近的感染力，一下子就抓住了我的耳朵，也抓住了我的心。所以我心中一直所属的得奖者是他。颁奖典礼，在宣布得奖前终于见到作者上台表演。我相信真诚的音乐创作一定是人如其作品。歌曲进入尾奏时他自由地吟唱，我听到了属于东台湾人群本性中的自由善良、崇尚自然，听到了他们的心、他们的情感与期待。一首好的音乐可以一直流传下去，因为它是某个时代人群的情感投射。

金马奖已结束，我的电影假期也结束了，念念不忘。最近我常重复聆听这些歌，虽然它们当中有些不是热门歌曲，但我还是相信好音乐历久弥新之能量将会持续。

问金曲

仿佛是要给予一种惩罚，从二〇〇〇年开始我拒绝参加金曲奖。原因是，过往许多年，纵然台湾华语流行音乐借着唱片业的发达，在整个亚洲都拿到了很好的成绩，顺着商业上的优势把台湾文艺的发展扩散到所有华人地区，却偏偏在台湾内部的金曲奖中屡屡败给独立品牌的音乐。在那时候有种偏见：流行就代表通俗，金曲奖并不随波逐流。转眼都快二十年了，这些年来我慢慢退居到后面，自在旁观，看着唱片产业的衰退，也客观地看着音乐产业的种种变化。这样也比较能看明白自己当时心中的在意和当时金曲奖评审们的思维。

时代变了，就在我看到音乐产业似乎有转机的时候，我决定试着回到产业里。如果对音乐有帮助，我所处的地方和能施力的点应该是在搭建属于音乐交流的平台上，让音乐人和音乐产业单位有一个可以交流的地方。我选择到乐视音乐。第一件事就是推广金曲奖，我希望更多爱音乐的人能理解金曲奖。在我的调查数据里面，台湾以外的华人、一九八〇年代以前出生的人，基本上都知道金曲奖。然而随着唱片产业的衰退，金曲奖以实体唱片为主要评审对象的机制延续至今，渐渐地九〇后的群众已经不了解金曲奖了。尤其是在大陆，我遇到很多年轻人甚至以为金曲奖是大陆南方某个电台的奖项。幸好，还有许多关注娱乐资讯和华语流行音乐的人，长年来仍关心着金曲奖。毕竟金曲奖还是目前大华人区域唯一一个透明、无商业干涉的客观奖项，非常值得年轻的华人了解。

我试着以现今的工作为平台，换个角度再研究金曲奖。回头整理着二十六届以来的资料，点点滴滴的记忆又浮上心头，觉得对金曲奖有些感慨，与很多的感谢。*音乐本来就是不能比较的。就像美术和文学一样，它反映着时代，并且给予阅读者各取所需的养分与共鸣。所有比较，往往只是表达各方的看法时所生的短暂结论。当年我非常对抗的心情，也在回顾的过程里得到了释放。在九十年代，那些因为唱片公司的包装而在商业上得到好成绩的歌者与作品，即便很难在金曲奖中拿到高分数，也未减现在的人们对他们的喜爱，纵然没有金曲奖的锦上添花，依然有其艺术价值和时代价值。自己客观看过了，也就心平气和了。

我与一群大陆年轻朋友一起整理金曲奖的资料时，他们惊讶地发现了一些自己并不熟悉的音乐人与作品，好奇着殷正洋是谁，惊叹着江蕙这样的传奇。他们也慢慢地挖掘着这些华语音乐，知道其中还有许多许多精彩的音乐人。忽然间，我也想起不少一起为音乐努力过的朋友，虽然他们从来没有拿过金曲奖。

金曲奖不应该在台湾以外的地方成为历史，它应该是一个时代里华人共同的记忆，即便我对它曾有一些疑问和不认同，我也衷心地愿意支持它。

* 2016 年 6 月，第 27 届金曲奖颁奖前夕，姚谦在乐视策划了自制音乐专题节目《金曲问》，向大众介绍金曲奖。

初遇好妹妹，再遇台湾旧时金曲

每隔几年台湾总会有部电影冒出不错的票房，不管原因是什么。《我的少女时代》成功的因素很清楚是音乐。只可惜这样的成绩已经很难反映在音乐产业上了。电影里的主人公，那位都会白领女子的少女回忆：陪伴着她的除了刘德华，还有九十年代的华语流行音乐。虽然片中只表现了九十年代台湾音乐一角，不过聪明的电影公司借由大家对于九十年代音乐的怀念，在脸书上掀起一波非常成功的讨论，瞬间，许多人纷纷列出自己的九十年代歌单互相交流，也因此带动了对电影的关注。这一波的成功也促成了电影第二波第三波的推广，达到惊人的票房。

《少女时代》让我想起大陆刚刚发生的一件事情：一个由两位年轻歌手组成的音乐组合“好妹妹乐队”，最近以众筹的方式办了场破大陆乐坛纪录的演唱会——他们在北京工体办了一场近四万人参加的演唱会，成了一项奇迹。直到现在，这还是大陆这个月业界讨论的最热门的事。

好妹妹乐队和九十年代的台湾有什么关系呢？让我细说从头。大约五年前，网络上有朋友转了一个 demo 小样给我听，说南方有两个年轻男孩特别喜欢台湾八九十年代的音乐，总在网上自弹自唱并录制上传，无偿分享，其中有我的作品。正巧有一回在北京宣传新书，而他们正好有场小型的酒吧表演，在鼓楼大街上一般唱摇滚乐的小酒吧里。没想到他们吸引了满场的听众。他们从网友处得知我会去，也留了位子。我怕影响别人而站在门外聆听，他们的音乐确实打动了我。听他们的现场演唱比在网上听更为感动。整场两个小时的表演，将他们少年时期喜爱并影响他们创作的音乐一一道来，全部都是九十年代的台湾音乐：陈秋霞、孟庭苇、齐豫……当他们把歌曲如数家珍地仔细分享时，不禁让人动容。毕竟这段时期的音乐在台湾已许久未被人提起，没想到曾在那么远的地方陪伴过一些人的少年时期。

隔天我在大学演讲，最后的签书环节他们出现了，送我他们自己的手绘图，这才知道其中一位秦昊，不只会唱歌和创作，也喜欢美术。

后来我们结为好友互相给予关注，每回他们录制新歌或是有新想法也会问问我的意见。终于，发行第一张专辑前，他们邀约我录制口白，放在《你飞到城市另一边》这首歌中。这些年来，他们一直孜孜不倦地创作、演唱，仍常在网络上录制喜爱的台湾音乐并无偿分享。他们前年翻唱的《我是如此爱你》转发量惊人，至今仍被不停转发，我也透过这首歌认识了更多喜欢台湾音乐的文艺青年们。

去年“好妹妹”告诉我，他们决定做一件事，重新演绎九十年代的音乐，出一张专辑。我十分支持！也答应有任何宣传或想法都配合。看到他们的歌单时，我还是十分惊讶的！因为大陆人所喜爱的台湾八九十年代歌曲曲目和台湾人还是有些不同。也许在大陆听台湾音乐是主动的，所有音乐得来需要花很大的精力；而当时的台湾流行音乐已是成熟期，主导权几乎掌握在唱片业者手中，群众接收到的都是一波一波的宣传歌。“好妹妹”在专辑里选了一些超出我想象的歌，最奇妙的是，第二主打是凤飞飞的《松林的低语》，主打是林慧萍的《说时依旧》，这两首都是我的私房歌，曾在文章中提过。《松林的低语》是在得知凤飞飞过世后，感叹自己的青春时代已远去时最常听的歌曲。而《说时依旧》则牵引出我与一首歌的偶遇，以及与三毛短短相交的记忆。*那些文章“好妹妹”都看过，我也答应让他们放入专辑，做文案用。

没想到经过三年，这个以清新方式唱民谣的音乐团体，居然超越了所有大陆主流媒体捧红的选秀新星、所有透过竞歌比赛而成为热门的大歌星，完成了一场近四万人的工体演唱会。这应该不能完全称为奇迹吧，好妹妹乐队创作的音乐总让我听到浓浓的那个年代台湾流行音乐的气息。那个时代的气息已在台湾消失，却正在大陆听音乐的人群中蔓延开来。

*因为工作上的机缘，姚谦在新加坡听到了三毛作词的《说时依旧》，十分感动，于是找到并说服三毛将歌交由自己重新制作，在台湾推出。

音乐圈没有 IP

我们一直以为音乐的数字年代格局已定，事实上却一直在过渡阶段的摸索中。资方钱到位多年，却因未见清晰未来而渐渐失去耐性。就市场经营而论，生存模式尚未找到。于是人力解构重建、并购转售，都在这一年中陆续发生。曾经风光的百度音乐、虾米音乐经历重整，QQ 音乐、网易云音乐大幅调整营运模式求稳定。不过从直观上来看，今年没有大热的音乐作品或大热的新音乐人出现，自然很难有乐观的期待。今年音乐网站最大最重要的流量来源，除了韩国偶像歌手的歌曲外，剩下就是电视音乐竞赛节目里的 LIVE 版曲目。同前几年一样，这些曲目依旧大部分来自一九八〇年到二〇〇〇年初的音乐，透过精彩的电视综艺编排，以新的编曲观点、由异于原唱的歌手再演绎。

《中国好歌曲》试着开拓原创音乐，目前效果看似不明显，但我相信已经种下了好的苗，就看中国音乐产业一直比较弱项的经纪能力的提升了。文化产业本是无法急着收成的，需要有耐心和开放的经纪制度去培养与执行。种下的苗总会在未来结出属于自己的果，这是可以期待的。

不过，这几年音乐产业整体上，看上去最明显的趋势其实与当前的电影产业相近:要想赢得市场最终还是要回到作品。“名牌”只是靠旧名气占了平台的地利之便，作品若未打入人心，仍功亏一篑。所以这两年可见名不见经传的新音乐人，因为长期在网络上经营，当力量累积到一日爆发，就势不可当。今年秋天“好妹妹乐队”在工人体育场四万人的演唱会就是一例。他们至今较少参加电视节目，未参加音乐竞赛节目，音乐仍被广泛接受，且持续扩散中。愿意长期拉近与群众的关系、慢慢经营的独立音乐人，在今年都陆续得到了较多关注。音乐竞赛节目制作单位都有着非常强大的宣传团队，反观参与的音乐人，在当下的确因平台之便而受聚焦，但随着节目结束，有些人也迅速消失在群众的关注目光里。就如同电影圈明星与大导演的式微，而看似非好莱坞式却接地气的影片，这两年纷纷异军突起，打垮了许多“名牌”大片。我想，往下走音乐产业也将会是如此。

文化产业不是立竿见影的短线投资产业，也很难如制作节目般快速做大——为下一轮更多资金招商，或者为下一轮融资准备。在这以人为本的产业里，过速追求成长往往只会把好苗子提前地扼杀。纵然这样的警告不息于耳，在弥漫着“中国合伙人”式梦想的时代里，如何让资方理解，一直是个难题。生怕近日电影圈的“IP 理论”又发生在音乐圈里。

真实的音乐与表演

吴彤是我到北京之后认识的朋友中最特别的一位。最让我敬佩最吸引我的，当然是他的音乐和才华，那是稀有与珍贵的。随着熟识以及许多的工作交集之后，我对他有了更多的认识与感想。

这几年来在工作上，我适度地提供过往工作上的经验，对于那些建议，他始终以平和乐观的心保持着尊重专业的态度，几乎所有的意见他都乐意思考，然后反馈接受与否。这是一个真艺术家内在上与一般人最不相同的地方：开放的心灵、深刻的思考。然而与其他的真艺术家一样，吴彤也有着固执而坚强的灵魂，许多的喜恶总是很纯粹地刻在心里，这一点在他身上毫不遮掩。即使眼见是往辛苦的路上走去，甚至有可能白忙一场，每回只要做了决定，他总还是兴高采烈地往自己想走的方向走去，从未后悔。音乐上如此，生活上也是。

这些年来我与他一起面对一些事情的思考，更深刻地感受到他这两样性情的存在。对于每一次决定参加的演出，即使是一场小小、短短的表演，他都如同人生第一次般珍惜，从演出前到演出后都忘情地卖力。因为是否参与演出都取决于演出内容。所以他总是拒绝高酬劳、表象绚丽的表演舞台，婉拒可以立马在大陆名利双收的音乐竞唱节目，宁愿选择去一个学习营和学生交流，宁愿选择国外辛苦奔走、酬劳相对较低、与“丝路”各国音乐家交流的表演。他乐于接受一个概念去挑战、推进自己艺术上的进程,更胜于在绚丽的赞美与掌声下生活。自然，生命待他也不薄，给了他开阔的世界舞台、更深刻的艺术创作经验与挑战。

我忘不了那年他在法国被怀疑非法过境而被拘留的那几天。我与助理天天等待着他唯一可以对外通话的机会，然后四处求援。每回通话他都出奇镇定，也让我更相信内心有着信仰的人其生命的重量。那次非同一般的人生经验激发了他更多的创作灵感，关于人性，关于平等，关于轮回。类似的境遇也在他面对家族危机时，再次呈现出来。他将一切经历化作思考，反馈出更优雅而动人的音乐创作。

这几年音乐竞赛节目的门票如名利皇冠般摆在眼前，吴彤几乎每年都以支持和感谢之心婉拒，他期待自己的音乐反映更多真实思考而随心书写：真实地看待生命、真实地经历生命，所以才有真实的音乐与表演。年初邀请他为吴冠中老师写的那首音乐《远山》，似乎也正对照着他艺术上的能量。远山，在不近的距离，却可以缓缓而不断地感染人心。只要你的心愿意敞开，远山一直伫立在心灵的不远处，与你对照着。那首曲子至今仍是我案头最常播放的音乐。

我一直相信吴彤的艺术生命能超越有限的一辈子，他的作品将会超越时间的限制。我的想法也渐渐地遇见越来越多的共鸣，这些人在接触过吴彤的音乐或人之后，都与我一样，不声张地支持着他。我相信艺术上真正的能量，终将会成为一股可延续的力量，胜过，此时卖弄着悲怆故事换取音乐理想的短暂审美。

八分钟的创作

时间真的过得太快了，北京奥运转眼已经过去八年。奥运热潮在这八年间也有了一些转变。也许是发生地离自己比较远的关系，今年的里约奥运就觉得不如预期热闹。记得四年前的伦敦奥运仍是热闹的,也清晰记得北京奥运落幕时“伦敦八分钟”的表演，于是对二〇一二年的伦敦奥运充满了期待。对里约奥运好像就少了这些期待，忽然就开始了，忽然就结束了，只记得“洪荒之力”的梗。幸好里约奥运闭幕时的“东京八分钟”，又让我点燃了每隔四年的惯性期待。

四年，仿佛一个周期、一个步伐，这个世界的某座城市又有了不一样的姿态，以城市为镜子来对照这个世界。而“东京八分钟”可以说是近年来奥运接手城市的宣传片里最精彩的。八分钟的创作就是一次很独立的艺术创作，可以检验这个国家、这个城市的审美和心态。看过炫耀历史和夸大承诺未来的惯性语汇创作，“东京八分钟”终于有了含蓄却不退却的新表现。

在这八分钟里，先表示东京属于大和民族，接着就是令人感动的伏首致谢——对于此前日本因为地震得到来自世界各地协助的感谢。这是一个特别好、特别诚恳的表达，是过往许多八分钟里没有过的姿态。然后才一一地告诉你印象中的东京和它未来的可能。朴素姿态以及准备新生的心态，是这八分钟最明显的承诺。对于过往，以虚拟人物马里奥、哆啦A梦入镜，下一阶段现身的人物都是真实的青少年，一改启用老牌巨星引人注目的捷径。这与过往的主办方皆以大量的辉煌历史来炫耀、用男神女神旧的光芒做加法创作有很大的不同。虚拟的人物是过去，而真实的青少年是未来，这是东京想告诉你的。放弃夸张的未来预想图才是有自信的一种表现。

音乐更是整个八分钟里最令我感动的，椎名林檎是一个天才。她一直以艺术创作的姿态来面向流行音乐。这一次她为“东京八分钟”创作的音乐，轻描淡写，没有摇旗呐喊和炫耀，也是一种艺术工作者的自信。八分钟里，能听见椎名林檎依然前卫、依然充满力量，却已经褪下十多年前刚认识她时的满身刺，多了更多内在的、懂得收敛的节制美学。

我常常开玩笑跟朋友说，现在许多创作都是以野蛮狂热为口号，用华丽掩饰空心，只有符号却没有核心。就像一篇篇网络上转发的写手的软文，只有黑狠的标题和空洞的内文。现在是一个自己都被自己编造的符号或 slogan 感动、相信自己谎言信条的时代。活在自己吹出的泡沫里不敢回头，贴上不合身的名牌就以为改变了身份，什么时候才能回归面对自己内在、面对作品的诚实呢？什么时候才能不给自己虚拟的冠冕，或是放下自怜的、悲壮的英雄口号？当自怜自恋成为创作的动力时，所花的力气都是徒劳，创作只是一群人自娱自乐的造句。经得住时间检验的作品，更应该来自于自省和客观，站在自己与时代的对面，诚实地说出想法。如同“东京八分钟”，有着收敛之美、自知之美和与时俱进的视野。

隐藏的歌手

我以为我不喜欢参加娱乐性较强的电视节目，这可能是自我沟通上的一种误解。照理说，从事流行音乐工作，自然不应该排斥娱乐性的节目。不过因为职场关系，曾经关注娱乐节目，会忘了娱乐的本质，只看见自己在意的地方。所以很多时候会冷眼旁观：看制造娱乐与享受娱乐之间的供需，看心中的感受与情绪感染需要多少内在的诚实；看人如何被一则好笑的笑话逗笑了，或是被一段动人的歌曲给打动了。在竞争与商业理由之下，透过媒体放大而煽起情绪的这个复杂过程，我担心自己会承担不起这个使命，怕传递不了或者表现得不够恰当。因此我在视觉平台上出现，较多都选择谈话类节目。只有如此，我才可以沿着已经沟通与设定好的主题去确认自己能否胜任。所以即便这些年来大陆音乐竞赛类节目的邀约非常多，各个来头不小，制作奢华大气，我几乎都只选择婉拒。

台湾的《华人星光大道》，我参加过一季，也是节目改变形态前的最后一季。那时因为台湾电视节目的环境日益困难，十分紧迫，我觉得这时候不应该有太多主观意见，因而改变了近十年婉拒的态度，去支持。毕竟这个挖掘过许多有音乐才华的人的音乐电视节目，若因任何一种理由而消失，对音乐产业和台湾电视产业，都是悲伤的事。

大陆那些高制作、高收视率、受媒体追捧的音乐节目，我就不凑热闹了。怕自己有失客观或者承担不起娱乐的效果，坏了人家美意。

不过，我最近却破例参加了《隐藏的歌手》。坦白说，一开始是因为蔡健雅和黄子佼的缘故。蔡健雅跟我一样，对于太娱乐导向性的节目，有着戒慎恐惧的心情，既然她参与了这个节目，肯定是有原因的。

跟蔡健雅许久没见面，趁着节目录影聚一聚也是美事一桩，同时也可以抢先听她的新作品《失语者》。与黄子佼相识多年，他一直是个敬业的电视专业人，有他在，我对于自己不能胜任电视节目的压力可以减轻许多，他太专业了，随时会帮我挡一些不恰当的状态。邀约之初，我很仔细地看了一下节目大纲与之前的节目。也许脱离娱乐和电视太久了，居然在观看的过程中被逗得哈哈大乐，音乐人的那些矜持早就化为乌有，我把多年来面对音乐时的困窘都暂时抛开。过往面对工作时对于音乐的审美，与现在灯光与摄影机环绕下的电视音乐节目所需要的审美，其实是相当不同的。时光荏苒，唱片时代的音乐已经过去，新时代音乐有新的解读，本来就应该去面对去欣赏。就像《隐藏的歌手》把主角（符号）隐藏了，设定游戏过程一切回到耳朵，重新界定，这挑起了我想经历一次的好奇。

我参加了《隐藏的歌手》蔡健雅专场。我和蔡健雅依然带着本色参加，虽然录影过程中有许多调整，幸好现场有那么多电视专业人与达人，从主持人黄子佼到现场协助串联的来宾们，经常在我反应不及时补上话，我在他们的引导之下逗出一些自己也意外的反应。此行令我更深刻地知道电视音乐节目作业之辛苦，当今电视节目制作真的是一件不容易的大工程。

这次的电视录影也给了我一次很大的再教育。我发现，过往不论在音乐行业中，或在习惯的生活里听音乐，我都是在很舒适和自处的环境中，也许戴着顶级耳机，也许在专业音响前聆听。当身在一个录影现场，不熟悉的喇叭不是很平均地放在远方，当听者成了被观看者，正前方有十几台摄像机环绕面对着，那个气场真让我不晓得把眼神放在何处。当熟悉的音乐响起，这个世界却变得像从前没有经历过的星球，一切似梦似真。所有曾经以为有效的判断都无用武之地！果然前半场我所有的判断都错了！* 这次的经历让我明白自己应该多走入人群，应该把自己放在更多不同的位置去听音乐、去生活。我十分佩服现场的工作人员、参与演出的歌手和现场观众。一档好看的音乐节目的确得之不易，事前的编排、脚本的编写和现场的掌握处理，都需专业功夫。许多人问我：下回还会参加电视节目吗？我还真没把握啊。

《隐藏的歌手》对我来说的确是一次感想丰富的经验，也是一次让我重新思考自己、了解当今电视节目的经验。同时我也想起，必须感谢这么长久以来，周围有那么多优秀的专业人员照顾着，让我总是在最舒服的环境下去思考、聆听和判断，真是一种福分啊。

* 该节目是音乐模唱形式，每期由 1 个原唱歌手和 5 个模仿者参加，模唱和原唱均在竞演门后面演唱，由现场观众投票选出唱得最不像的人，经过 4 轮比拼逐轮淘汰，最后选出 1 个该期获胜者。

直男的脆弱

最近在看《人类简史》作者尤瓦尔·赫拉利的新书《未来简史》，不时会掉入作者独到有趣的逻辑世界中。也在阅读的过程中，观察对照自己生活中看到的某些事件，试着重新判断，再做感知预测，总是有出人意料的收获。

就拿今年过年期间大陆音乐人赵雷顺利成为大陆各平台焦点一事来说，大家的结论是：独立民谣获得重视、原创才是真音乐等。然而从远一点的时空距离俯瞰，或穿越生物本能反应去看众生，真的是会产生不同于过往和大众的判断。先说主角，赵雷的确是个音乐才华很真诚动人的音乐人。《吉姆餐厅》专辑推出时我就非常欣赏他的创作。当时从作品分析，此专辑既有民谣歌手的清醒，又有当代年轻人的迷惘，两相交织形成了独特的个人魅力。让他一鸣惊人的那首《成都》也有这样的个人魅力。这一两年来，在音乐真人秀走进互相抄袭和只有一种审美的死胡同之后，《歌手》的精工品质和领导性观点，让这档节目成了这类节目中的唯一硕果。因此此刻赵雷在同质竞争不大的情况下能顺势得到关注，似乎是可以理解的。接着拉大时间维度去观察对照这几年同一节目中相近的成功案例，李荣浩、老狼、李健，具备相近的受众（从音乐区隔上看）。独立或小众音乐在华丽取向的大平台上得到合理对待，这是众所欢喜的。

我想，《歌手》受欢迎，除了制作编排认真、选曲敏感度高之外，它在节目受众群的深层分析上，是有异于其他真人秀节目的思考和感知的：节目方是在思考整个传播与文化产业和整个社会审美与精神需求上的对应。在生物性里，雄性通过发声引起同类群体的反应，是自然圈生态可解释的状况。越接近于生物的天性趋势，就越有基础“票房”。然而事实并非如此单纯，在人类社会里，雄性直男主权一直是支配性的强权，古今中外历史中只有少数突围而出的例外。然而平衡才是生态不变的硬道理，所以在政治、宗教、商业等文化空间里并存且充满着软性的主题。即使偶有硬调论述，也如同雄性主权空间里因时、因地的少数转折所需而已，就像主旋律成歌、成文，大都用于过节或歌颂服务，而非生态所需。而文艺需求和回归生活空间的大众需求，大都还是生物内在思考或抒发而成的软性诉求。特别是在通俗的音乐、文学、艺术圈里，以我较亲近与密集观察的流行音乐圈和相关平台为例，我最明显的感受是这些平台表现出阴胜于阳的状况。所谓阴胜于阳并非说女性多于男性，而是指诉求方式，其中包含了近期常见的中性化（无论男似女或女似男）。大多数文化作品都比较倾向于软性情感的诉求，即使演唱者是男性。这样的状态也渐渐反映在大多数回应商业发展各种诉求的作品上。跨性别的表达或扮演早以潮流的姿态向群众提出差异思考的要求。

于是，在这软性与女性审美强大的文艺圈里，“阴胜于阳”首先在商业渠道最直接与即时地呈现。我觉得赵雷成为一时聚焦就是一种表现，这更多的是商业趋势而非文化趋势。就像近年来每隔一段时间的“直男的脆弱”表演，就是商业上的需要。特别是在歌舞升平成为唯一审美标准的音乐真人秀里，以华丽、大声的演唱来彰显精湛歌艺，配上大场面人潮歌舞场景，仍是大量节目唯一的去处。只有敏感的少数细心之人知道勇敢地突破领导、厂商双钳，推出一回清淡、直率、小格局的内容，几乎每次都不会失望而赢得全局。赵雷、李荣浩、老狼、李健就是每隔一段时间出现的清淡“直男型”歌手。从外观看，他们大部分都不是强壮的直男，甚至是脆弱的；音乐性上也是一样，都不是主流。“脆弱的直男”已经是文化产业每隔一段时间不变的台面需求，短时间内在眼前怒放然后又隐藏在幕后继续潜移默化，舞台还是会还给天后、天王、暖男、小鲜肉，但“脆弱的直男”的商业价值一直都扎实地存在着。

从赵雷现象我猜想，文化本质上应该是多样性并存的，在各个强势压抑下偶尔冒出的声音，都应该是我们为下一步思考的重要参考，而绝不是步调一致地跟进。当大家集中在一种审美上时，另外一个声音的兴起是必然的：在文化产业上，数据并不代表唯一的真理。音乐多样性，更需要依赖的是创作本身和恰当的空间，以及新的创作、被渴望的需求。赵雷的《成都》在对的时机出现，也促使我们再回头看音乐网站，还是有许多类似赵雷的歌手，他们一样优秀。相对地，摇滚乐、电子音乐，甚至更多新形态、还不受瞩目的音乐里的音乐人，也是一样。

我想“脆弱的直男”绝对有他存在的道理，可以用生物性与趋势的科学性去解释和推断，尤其当这个世界仍在强壮的直男强权掌控下的时候。

运动证明着音乐复兴

音乐可以无处不在，尤其是在这个时代。

当各种电子工具发达到只差长在身体上的时候，音乐也透过数字平台更直接、更快速、更个人化地传递到每个人的耳朵。因此只要你随身携带电子设备，音乐就可以陪伴在你左右。这也使得这么多年来听音乐的人口更多，每个人听音乐虽然片段化，但是总计时间上变得更长。只是大部分喜爱音乐的人疑惑的是：音乐被聆听的时间变多的同时，平台上发表的音乐数量却相对减少。我想，这是一个时代的产业问题，需要时间去解决。听音乐的人只须继续很主观地去选择自己有感的音乐，放入生活里，一如过往。

记得在数字平台尚未发达以前，听音乐这件事，即便每个听者身在不同地方，却因为媒体主导的缘故，令人们都在同一段时间聆听同一首歌，一首歌可以在相对集中的时间里被大家关注，自然成了群众共同记忆而被留下来。

但是，当播放音乐的平台转换成数字平台，平台的主动权丧失，听音乐的人主动地决定听音乐的时间与地点之后，人们接触歌曲的共同性与联结性也就降低了。每个人在各自的世界里听着各自的音乐，因此主流音乐的大流行已经没有过往那么容易发生。这也造成越来越多的人感叹：这是个没有共同流行歌曲的时代。不过从另一个角度来看，数字平台方便群众人以群分，让喜欢同一种类型音乐的群众有更容易且自由的沟通管道。

如何让音乐有更多大众流行的可能，是让创作复苏、音乐产业复兴的重要门槛。现在许多人在自己的世界里听着音乐，从中挑选着喜欢的歌曲，自行编排后存入随身数字平台，可以在任何时间空间聆听。运动时听音乐成了一个很普遍的行为，特别是在跑步时。当人们关注自己的身体、友善地对待肉身的同时，通往精神的音乐往往是最好的陪伴。这也是近年来少数被大家认同且同步流行的音乐都在运动里扩散成功的原因。《江南 Style》和《小苹果》就是例子。音乐因为被使用而流行，成了一个新的可能。音乐感动心灵是各自的，但使用在运动中却容易让大家有肉身共鸣。这也是这些年来我在思考的。音乐只有透过被使用才能复兴的理念，运动是最快给予证明的。

“听音乐的运动”成了一个思考的途径，这大半年来我积极地支持着以音乐为核心的运动系统的建立，建设以音乐为核心的运动地点和运动方式。首先要快速造成大家使用的共同感，造就拿掉耳机、在一个空间里大声播放音乐的环境，令一群人同时、同地借着运动享受音乐。

这也是最近我积极支持用音乐来骑飞轮的原因。不久前一些健身房与 KKBOX *已经正式合作，不同的飞轮教练用自己选择的音乐串联一堂运动课，与学员一起听着音乐、骑着飞轮。这样的尝试才开始，不过好像很快就得到许多爱音乐也爱运动的人的良好回响。音乐复兴路才开始，欢迎你也试试。

* 华人世界一家线上音乐网站。

音乐需要“被使用”

曾经不断地想着唱片的出路，直到明白“唱片不一定是承载音乐的唯一平台”，才迈开步开阔地去想其他的可能。如果音乐的主力平台转换为数字平台，有了网络的支撑，未尝不是一个发展的可能，虽然那不曾是我的期待。我必须首先放下身为一个唱片业人的生存心态。然而透过网络传递音乐，是一个很不一样的模式——没有历史经验可循，新到你无法判断，只能不停试验：如何才能让聆听者愿意深刻地聆听，如何让聆听者付出更多关注，如何让他们忠诚地寻找到你？这是音乐转移到网络平台之后，我思考的核心问题，也是目前音乐产业在网络平台上面临的最大问题。

我曾经有一个结论：只要音乐被人使用了，不论以何种方式，使用了就成了他人的生命经验。因为这经验所以有了感受，无论是好的感受或不好的感受，至少有机会可以让群众在聆听上付出较多的关注。如果幸运,听众使用之后带着个人的难忘经历,因为经历而有了一些情感，这首音乐也因而被保留下来，有了价值。

透过故事来承载音乐，是我为“使用音乐”概念想到的第一个方法。于是在四年前，我开始架构一部小说，在双城爱情故事中带着音乐的追行，后来发展成《脚趾上的星光》这本书和一张跟小说情节相关的原声带。这次经历让合作案里面的大陆独立音乐人梁晓雪有了更多的关注，我心中还是非常骄傲的，如今他已经是大陆一位很重要的成功的独立音乐人了。这也让我能比较有把握地思考音乐的发展与聆听音乐者使用音乐之间的相互关系。这似乎是可以去延伸思考的问题，可以海阔天空地想象各种可能性。同时我也发现，无论你喜欢与否，近十年来真的被留下来且重复聆听的歌曲，仿佛都并非来自那些曾经很成功的唱片歌手。举例来说，早期手机的彩铃音乐，发展至城乡普及的广场舞音乐，直到今天依然不停地被使用，因为它们还在广场舞的使用曲目中，未被取代。而这一年多来特别成功的案例就是《小苹果》，算是出自《江南 Style》，但在国内更胜之。这是透过网络的投资人的市场考虑，在商业模式计划之下在网络上推出，带使用功能的“神曲”，参考了类似于《江南 Style》在美国的营销方式。而《小苹果》更深入到了各个地方的华人生活里，包括学校运动，超越广场舞，甚至年会上为了带动气氛都会唱这首歌。使用范围更广，成功周期自然缩短不少。

以上举例，并不是说音乐之路就是要针对这样的通路来设计，而是说这两首歌之所以成立并且长时间广泛地在网络上被点播，它们“被使用”的原因——包括时代、社会环境、文化潮流等观察对照，也许才是音乐产业者更需要思考的核心。

在延伸思考音乐该怎样被广泛地使用时，我还是愿意站在生活中自己喜欢的文学、戏剧以及美术领域，思考它们与音乐整合的可能。特别是音乐与戏剧的整合，早在唱片年代就有无数的成功案例。而美术呢，我总是想着：是否能在一段音乐、一首歌曲与感动过我的艺术品之间建起一座桥梁？如此之后，是否也会吸引那些被美术感动过的人，愿意同样用欣赏的角度，去喜爱一首歌或一段音乐？在我的生活经验里，经常发现身在美术馆观赏一幅画作时，脑子里总是会流淌着音乐。我有过无数次类似的经验，而这样的经验也让我觉得更接近美术创作者想传递的讯息，不断促使我去设想音乐与美术之间的可能！例如为一件曾经感动过我的美术作品写一首歌。记得十年前我写过《我爱夏卡尔》，那真的是有感而发的一次创作，那首歌也促使许多年轻人，包括演唱者江美琪去阅读夏卡尔作品。

如果可能，可从美术通往音乐，或者从音乐通往美术，尤其这些年来，当代艺术市场在华人世界兴起，欣赏美术已经不再是严肃或者门槛较高的事，当代艺术也更接近群众生活和年轻人的审美。我已看见有相当大交集的群众。

让我为艺术写首歌

有些朋友以为多年前那首《我爱夏卡尔》，是我试着向艺术家夏卡尔致敬而写。这当然是最主要的原因，其实之所以创作它，还因为那段时间我总在思考歌词与诗歌靠近的可能。那阵子迷恋现代诗，江美琪的专辑就成了我把歌词靠向诗歌的实验地。而夏卡尔一直是我认为绘画最靠近诗的艺术家，于是我把自己对他画作的阅读转化成歌词。它也许可以自然地接近诗了。歌词是这样的：

仰望星空　让我想起 Chagall
恋爱的人 总是浮在城市半空中
视若无睹的　忘情忘我紧紧眷恋着
连公鸡都在温柔歌颂

我看爱情 爱情看我 两头
我唱了歌 歌给了我美好期待中
你在哪里呢 我们将在哪座城市相逢
小猫想作见证趴在窗口
流星划过我们就恋爱了

你还没来 我一个人就跳跳舞解闷
你还没来 我一个人看着 Chagall 画册
虚构着可能属于我的美丽爱情
怎么忽然流泪了 后来又笑开了

《我爱夏卡尔》是我少数把爱情里的喜悦、迷恋、感伤与迷惘等情绪写得如此诗意的词作。甚至对照夏卡尔成长过程里的乡愁，都转换在歌词里，一览无遗，看得见人在爱中的美妙与脆弱。这是我第一次把自己所迷恋的艺术写成歌，但并非第一次试着以音乐与艺术靠近。

很久以前，我就想尝试，但艺术与音乐之间，似乎离得很远。我刚刚开始收藏时，台湾艺术圈较聚焦于台湾前辈艺术家的收藏，我许多这方面的学习，都求教于尊彩艺术中心的余彦良先生。

他是一位音乐发烧友，对我这个刚入门的收藏者给过蛮多的善意指导和分享。有次有机会在他的展览画册里，以画作对照音乐来编辑，为艺术品配上配乐当导读。那是我最早一次跨过艺术与音乐的界线，是很有趣的经验。如今看来，当时虽然勇气高过能力，不过也启发我：文化形式之间是有可能互相沟通的。

几年后，我大胆地在江蕙的专辑里又玩了一把。除了封面采用她的照片，其余美编上所需图片都用常玉的画作。在我心中，常玉是位大器而优雅的艺术家，而江蕙的歌声也是如此，他们都是一个时代的色彩，这样的跨界是很协调的对望。这次跨界尝试得到了大未来画廊和许多常玉藏家的支持，才得以顺利完成。至今，我都觉得那是一次骄傲而大胆的行动。

后来，艺术归艺术，音乐归音乐。生活的忙碌让我没有太多时间与精力，把工作与爱好再做衔接。直到创作《我爱夏卡尔》才再有机会，托诗歌之福，我又有了一次艺术与音乐的衔接。令我意外的是，这首歌在许多华人地区流行起来后，有不少年轻朋友借由歌曲而好奇夏卡尔，因为喜欢夏卡尔而好奇江美琪的歌。

不久前，我看到一篇文章，来自硅谷的一位 IT 科学家，工作之余喜好艺术，特别在公众号写了篇文章表达他对夏卡尔的喜爱。他朗读了《我爱夏卡尔》的歌词，然后慢慢描述他对夏卡尔画作的阅读与欣赏心得。我读着那篇文章，觉得心有戚戚焉，也觉得非常光荣。

去年，我一心支持的纪录片《一个人的收藏》拍摄到一半时，我忽然决定让艺术与音乐更接近一点。于是找了两位年轻的音乐人，为电影做配乐和主题歌。我们都知道，在当代艺术市场里，艺术品很容易变成一个如期货的筹码，因此许多作品在画廊、艺术仓库以及拍卖行之间流动，更多时候是被遗忘的。收藏者的心是什么样的？如果艺术品有心，又会有着什么样的情感回应？

于是我写了主题歌《My Dear Art》的歌词，回顾我这二十多年来对于艺术的一厢情愿，也试着站在艺术品的立场，面向时间、面向收藏者善变的脸孔，提出感叹。

你在时间的那里，而我在这里

第一次在视频网站上看《我在故宫修文物》，让我煮糊了两次面。最后决定将就着把第二次煮糊的面给吃了，以便专心地看完这个在朋友圈讨论已久的纪录片。看完心中有许多感想，隔天找时间又专心地从头到尾看了一次，然后激动地在自己的微信分享。没想到，几天后萧导演就联系上了我，告诉我一个好消息，《我在故宫修文物》电影版本将在院线上映，并邀我为电影版制作配乐，这真是个又惊又喜的双响炮。

这几年来一直在关注纪录片，缘自《他们在岛屿写作》，让我把观影爱好部分地聚焦转移到了纪录片这个类型。近两年因为在台北电影节和金马奖当评审的经验，更让我对纪录片多了一份尊敬之心。纪录片是一种以时间与个人眼光累积出的最真实的艺术作品。它告诉我在另一个人眼里，这个世界曾发生过什么，或者正发生着什么。因为透过别人的眼睛，因为它的真实，我的感想才浓厚。

《我在故宫修文物》里，萧导演的眼睛聚焦的是一群“匠人”。这些年来“匠人精神”再次被关注，但大多时候，关注落在国外的匠人身上。近年来我身边有许多朋友，已默默地把眼光转向国内各类传统工艺的匠人身上。我收藏的艺术品有时候需要修复，所以常与画作修复师接触，多年下来对他们有了一份既亲切又尊敬的心情。因为他们总能让我的心头好回归到一个最安全、稳定的状态。我就是满怀这样的心情观赏了《我在故宫修文物》，透过导演的眼睛，从平凡人的角度去近观这一群常年在故宫院子里安安静静地面对自己工作与人生的人。其中有工作了三十年的老师傅，也有刚刚进入这个院子的年轻人，与我们活在同一个时代，他们却选择过一种安静的人生。

如何以音乐去诠释那一个宁静世界，这也是个需要先静心，再向他们学习的过程。在这么一部动人而特别的影片中，我该如何不影响创作者的表达和诚实传递给阅读者的情感，借抽象的音乐语言，去描述那一份专注的心，和匠人们生命里纯粹与芬芳的时光。除了手艺和专业知识外，时间是匠人最珍贵、也是最大的成本。影像来回穿梭在他们各自平静、专注、不缓不急地面对来自久远以前的文物的画面，和表现故宫某个角落的时间与空间的画面之间。他们说着，如何把这些经过时间淬炼、精神依旧却外表苍老的文物凝固在一个最安定的状态，停在一个被后来人关注时更容易阅读的状态。匠人们温润的心情，借着他们的手和彼此之间的眼神，如一首耐人寻味的钢琴独奏曲流淌，而我的音乐就自这份色彩里展开。

主题曲，我想刻意避开故宫音乐通常的宏大感与历史感，想以一个人对自己生活的抒情语汇，去搭建这部作品自己的音乐语言，希望是轻盈而不沉重的，所以刻意挑选没有电影音乐创作经历的年轻音乐人与我合作。首先浮现在脑海的名字就是陈粒。她是近期音乐圈里备受瞩目的创作歌手，我把电影第一版初剪看了无数次之后的感想转化成《当我在这里》的歌词，提供给她。陈粒对文字的敏感度太强了，一夜的时间就把我的感受用旋律捕捉出来，让我深深惊叹于这一代音乐人的才华。特别值得一提的是，这首歌曲的前奏是故宫钟表的声音片段，那是王师傅*一次一次调整奏出的时光回音。

同时，我邀请了年轻音乐人刘胡轶参与原声配乐的创作、编曲及演奏，邀请盲人钢琴家黄裕翔参与了电影同名主题音乐《我在故宫修文物》的创作与演奏。那是一段顺利、愉快的配乐工作，我们一起看着影片（黄裕翔听着电影，由经纪人一个画面一个画面地描述），几乎每段音乐都是看着画面完成的。其中黄裕翔的主题演奏曲《我在故宫修文物》出现在我最难忘的那段电影画面：当修复师纪东歌骑着单车穿过太和殿广场前的北京中轴线，大银幕如诗歌般满溢着属于这片土地与匠人的自由丰沛的生命感，在一个长镜头朴素无华的描述中，主题音乐就此展开。配乐工作完成后许久，这段画面仍伴着音乐重复在我脑子里回放，这是我近年来较满意的纯音乐作品。

最后完成的配乐曲目是《秋 - 致匠人们》。电影后段，画面中的老师傅们看着他们慢慢修复好的文物被一一放在展厅，远远地久久地望着这些在自己手中来回打磨的心血，眼光中千言万语。当他们回过神来说着自己对于文物修复工作的情感时，隐隐流露出终将离开故宫里这相伴了半辈子的旧院的不舍。每回看到这里，我都红了眼眶。接着，是一组空镜头：院里的一草一木，天空中飞过的鸟，在门边或窗台休息打盹儿的猫。老师傅们的话犹在耳边，像一首悠悠生命长歌。我最终决定为这短短一分钟的画面添上一段音乐。与刘胡轶沟通后，他写出了《秋》。至此，终于为这部我喜爱的电影作品写下句号，表达了我对故宫修复师傅们的敬意。

配乐工作完成后，这些音乐陪着我去了欧洲旅行。我走在伦敦老旧的街道上，听着不久前因为记录别人生活而忘我完成的曲子，让这些音乐回到属于我的真实生活片段中。

* 故宫钟表修复师王津。

音乐，影像，人的故事

今年奥斯卡金像奖颁奖典礼最感人、最精彩的一段，并非“最佳影片”的乌龙事件，也不是嘲笑《长城》马特·达蒙的片段。最让我难忘的是最佳女配角得奖人Viola Davis的得奖感言。对于身为一个演员的定义，她说得极为精彩。这也让我再次陷入思考：关于人活在世上，每件做过的事，对于自己的意义与价值。我也把这想法对照到收藏，思索这个爱好带给了我什么。我应该感谢在我三十五岁以后的生活中开始有收藏的爱好。往前回顾则要感谢自小对于艺术的喜欢让我的生活丰富，进而有了收藏行为的发生。收藏以另一个方式打开我的人生，让我多了个角度去阅读世界、阅读生活。如同文学、音乐、电影等其他爱好一样，收藏成为我生活中很重要的一部分，它们彼此偶尔互通串联。两年前我有了支持纪录片的想法，于是《一个人的收藏》这部纪录片电影的拍摄和《Ah -Art》六集电视短片的制作也就发生了。我运气很好，找到年轻、思维开阔的观察者徐浩轩来掌镜当导演。

纪录片拍摄长达半年，后期工作持续了近一年，这期间我更多是扮演着制片、整合沟通的角色。每每看着影片一点点推进发展着，心中都是感动。后来的时间，我全心计划着如何把这部纪录片介绍给阅读者。这时候，我发觉有一个属于我的、值得做的空间，就是音乐。做过许多电影、电视的主题曲和配乐工作，我明白音乐常常是影像最好的支撑。在做《一个人的收藏》的同时，我正参与另外一部纪录片《我在故宫修文物》的配乐工作。两部性格完全不同的纪录片，需要仔细地分别思考，同时也可以相互对照。为了刻意表现以现在第一人称的视角去描绘时光流转与东方匠人的精神，《我在故宫修文物》用了钢琴去串联铺陈。《一个人的收藏》则集中在眼下明确的一个时间段，是对艺术人群的抽样描写。艺术品是实物，描写容易，困难的是人群状态、想法的交叉所衍生出的时光氛围和我的解读。“艺术”对我来说是透过眼前、对照过去、窥探未来的一面窗，这样的影像作品，需要的是更抽象、更空旷、更开放的一个空间。于是我前往独立电子音乐圈，寻找合作伙伴。当代电子音乐的形式一直被定义在夜店的“咚兹！咚兹！”或“沙发音乐”上。

其实它是抽象描述中最有想象空间的一种，也是最与时俱进非常当代的声音艺术，最能表达“艺术与收藏”这个主题。十分谢谢好友陈建骐的介绍，在他搭建的音乐品牌“好多音乐”的视频作品中，我听到许多优秀的独立音乐人作品，特别是在电子音乐上。

我认识了羽承，他是“原子邦妮”乐团的制作人，也是主创核心，他的音乐有着浓郁的白描叙述气息，听得到湿度、气味、光线和情绪，正好可以表达每次我面对既复杂又开阔的艺术世界时，那种茫然和清晰的心声。为影像配乐永远是一段有趣难忘的冒险和实验。《一个人的收藏》走过北京、西安、上海、台北 、台中 、新加坡 、香港、伦敦 、东京、釜山共计十个城市和意大利托斯卡纳地区，对艺术家、收藏家、艺术从业人等拍摄采访近百日。在这个如提花编织的影像作品里，配乐越简单、越隐约、越当代越好，于是有城市气温感的情绪成了这部纪录片原声带的主轴。羽承针对纪录片里的许多场景设定基础，在不同的空间里，那些与艺术相关的创作者、收藏家以及其他从业人员，说着他们生活与艺术的关系，音乐则似空气衬托出无法在影像中描绘的差异。不同城市、不同季节、不同气候、不同的人，音乐就在这个差别中舒展开来，仿佛空气中气味与湿度的差别，让整个影片呈现出有温度又有诗意的气息。羽承为此创作了许多音乐，非常贴近我生活中对艺术、城市与阅读的感受。所以这段时间里这些音乐一直陪伴在我的生活空间里，如有温度的空气，不打扰又有态度地存在着。现在正写着这篇稿的同时，音乐也伴着我。

主题歌除了因为推广宣传而成为他人对影片的第一印象，也能赋予影像核心说法。《一个人的收藏》和《我在故宫修文物》我都找了大陆独立音乐人陈粒创作主题歌。现在还称她是独立音乐人，似乎有点不恰当了，就在这一年，她的音乐在大陆已经变得家喻户晓。两部纪录片的主题曲我都邀请了她合作，因为我知悉两个音乐作品属性不同，只有聪慧如她，对文字感应力超强的人才适合。我对两部影像所做的文字笔记她几乎如明镜般立即以音符回应。另外，她也与我相似，不甘心生活中只有一个角色扮演、一种颜色涂抹。《一个人的收藏》主题曲《My Dear Art》弥漫着电子乐所特有的空间感，那都是我从最初面对收藏，到如今看着艺术圈种种变化的心情，陈粒的主题曲完全捕捉到了。一个爱艺术的人与艺术之间透过收藏的对话，喃喃自语到接近摇滚的宣泄，似乎只有近代电子乐才能驾驭得住。电子音乐就是当代艺术，我一直这么认为。我也非常骄傲可以用收藏来述说我对于生活跟生命的感谢。这是段非常有趣的工作，无论陈粒、羽承，都回馈给我比预期更好的结果。我一直相信，文学、音乐、艺术、影像都是传递人的思考与反应的好方式，也许在学术上有很多派别分类，然而，殊途同归地都是在表达人在生活中对于生命意义的看法。

《一个人的收藏》电影和《 Ah -Art 》六集电视短片，导演徐浩轩编剧与剪辑陈述的方法是各自独立的，虽然都是来自于那大半年所拍摄到的素材。电影作品以抽离远观的态度交错，不做任何主观引导，让人、事、物自己去说明一切，让阅读者各自得出结论。六集电视短片则配上了旁白分类说明，以更近的距离试着引导阅读者去认识当今艺术世界的生态。然而，相同的音乐在这两部作品里串联成一个主题。

近日，当《一个人的收藏》原声带播放在我生活之中时，我总是要心生感谢，就如同今年奥斯卡最佳女配角 Viola Davis 的得奖感言所说的："You know, there's one place that all the people with the greatest potential are gathered.One place and that's the graveyard. People ask me all the time, what kind of stories do you want to tell, Viola？ And I say, exhume those bodies. Exhume those stories-the stories of the people who dreamed big and never saw those dreams to fruition, people who fell in love and lost."（有这样一个地方，聚集了所有潜力无限的人，这个地方就是墓地。人们总是问我，你想讲述怎样的故事，Viola？我说，挖出那些逝者，挖出那些故事——那些有着远大梦想，却从未目睹梦想成真的人的故事，那些爱过又错失的人的故事。）

不只是探访艺术

长在手指上的眼睛

参加了艺术家廖震平在台中市清水区的新作展，是一回有趣的经验。因为开幕座谈会上，正前方第一排坐了几位十来岁的女生，应该都是〇〇后的孩子。这是在画展中很少能遇到的族群，引我好奇，后来才知她们原来是跟着老师来看画展的。对于很少有机会可以直接和〇〇后面对、沟通的我，那天自然总会刻意地观察她们的反应，并且刻意地邀请她们说说看展览的感想，鼓励她们尽量发言，有任何好奇就提问。腼腆的孩子们第一个问题就是：这些画作跟照片很像，艺术家为什么不拍照就好，何须画画呢？这的确是一个很棒的问题！摄影发明后，关于绘画与摄影之间的种种对照，因为出生时代不同，各代人有各代人的主观感想，也形成了对视觉意义看法上的变化。孩子们的提问，让我不禁从头思考，最后还是只有透过历史才想得比较明白。

在照相技术还没发明之时，人们对记忆的具体保留方式之一，就是绘画。绘画一直不只是个印象的留存方式，还带有沟通情感与表达想法的功能，透过有目共睹的肖像、静物、风景，以及宗教、故事和幻想等叙事题材而产生，随着各自地域、时代的审美与材料上的改变而沿革、精进。照相技术发明之后，摄影并未如预料那样取代绘画，因为它们虽同为影像与图像的表达，彼此之间却有着完全不一样的意义和内在情感。

科技在进步，人们因为工具的出现而改变了生活与审美。这一代的人除了肉体的眼睛以外，还有另外一种眼睛，长在手指上：只要手指触碰手机就能留住想要的影像。这是一种新的视点，因为眼睛的位置是在指尖，不再局限在个人固定的高度上，一下子改变了看的方式。尤其在手机拍照成为新的沟通方式后，手机时代出生的孩子，已经同时有着肉眼与手指的视角，两种观看逻辑，仿若天生，毫无违和感。还有越来越厉害的数码自动修图功能。于是我们现在看到的影像，看似与真实肉眼所见相似，记录下的画面却已经不再真实。这与纯绘画记录的年代有相似之处，只是绘画中的变形是来自创作者的主观意识表达，而我们生活在由程序设计者提供的类型化修图画面中。

当手机自拍已发展成文化时，这一代孩子所以为的真实世界，已经不是我们眼里所直接看到的世界了，自然也不是无修图的摄影。他们眼中的摄影，已经是接近于绘画的存在，所以才会问“有了摄影后，为何还要绘画”。其实只是方法不同，最终的结果也不同，在对影像的重述过程中，绘画是透过手的复杂动作，所有的表述分解成一点一点的绘制动作，自然有着较主观的、与潜在意象交错的成型。

从古典绘画里的肖像画中最能看到这一特质，这也是近期沉迷于古典美术后，我从阅读中发现并得到乐趣最多的部分。关于人像的描述，一定是创作者在心力上很大的解构与建构过程，从自画像到他人的肖像或双人像，在最后作品呈现上必然已满载了创作者在创作最初眼中所见的内容，那都是阅读者可以探索，值得琢磨和研究的地方。特别是随着时代相距久远、人们审美观与价值观的改变，肖像画里有太多可对照的时代差异，用来了解历史更是非常有趣与真切的。

对文学、美术、音乐的阅读都是更深刻地理解世界的方式，而观看不同时代的绘画，有时更能客观地对照和观察此刻我们所处的世界。在肖像画里，我们能体会到时间、感情、价值观与思考。艺术最珍贵的不就是这个吗？

好作品进化区：三十岁时刻

最近看着拍卖图录忽然有感。当我抛开人们已经认定的价值数字，仔细翻书去对照列在拍卖图录上部分已成名艺术家的创作生涯时，就有一些和平日不一样的感想和判断了。所有艺术家都有其创作能量的起伏，有人起伏不断，有人缓和稳定，更多人惊艳一时段就回到原处。横向对照，成名跟年纪与际遇有着相对较大的关系，艺术家成名时的心态更决定了他们的命运。而拿成名前后的作品对照，往往可以丈量出此艺术家真实的艺术天分。

在我的经验里，艺术家未成名前、名气低潮时，总有较多内在真诚而动人的艺术作品，吸引我去收藏。而三十岁，常常是一个艺术家创作跨越的时段。例如毕加索虽然成名早，少年时就已被认定是个天才，然而真的推出作品也是在三十岁左右，“蓝色时期”。“蓝色时期”之前，我们可以看到他天分里的绘画技术，以及少年时期迎向长辈期待所做的努力。而“蓝色时期”就不一样了，这时期的作品看得出属于这个艺术家个人的敏感观察力和思想端倪。之后是“粉红色时期”“立体时期”，到“晚年时期”重回越来越简化的绘画技巧、重视观念的表达，“晚年”甚至近儿童、素人的绘画表达，画中不带辩驳和论述。在毕加索创作生涯里的每一个阶段，最精彩的都是他一次比一次更坚定自己的观点、在创作上的实践，而三十岁左右是他的一个关键。

在我一直以来关注的越南美术上，相似的轨迹也可以对照到一群来自河内美术学院的艺术家。他们受到西方美术专业教育后，许多艺术家家庭经济允许便到了法国，因而构成了近代越南绘画的独特风貌。有一位我特别欣赏的艺术家苏玉云却因各种原因并没有与同学们去法国，而是继续留在越南。这也造成他的作品与这拨留法艺术家所创作出的东西合璧下刻意的越式抒情不同，他拥有更多属于他的身在风雨飘摇时代、身在自己国家中的深刻描述。我看过他与同学们在毕业后的联展上的一张旧照，他的作品与后来名气超过他的艺术家们的作品同列一室。看得出年纪较长时入学的他，在近三十岁创作的作品中，已经明确地表达出属于自己血液里的美学观点。他后来的作品大都因国家战乱等原因失传，更显得那作品弥足珍贵。那幅三十年代出现在联展上、他近三十岁时的作品，有着动人的艺术情感，这是迷人的，而这样的迷人气息也只有在那样的年纪才会出现。

在近代华人年轻艺术家身上同样如此。王光乐一直是我喜爱并持续观察的艺术家，近年来他的作品越来越见开阔的观点和深刻的思维，这是一个好的创作者很重要的特质。然而在他三十岁的作品中却有着与此刻不太一样的气息，当时生活艰辛的他，把对创作这条道路的坚持与摸索都呈现在当时少有的“水磨石”系列作品中。对王光乐来说，那是一段艰苦的时期。我记得二〇〇二年认识他时，他桌上已经有了一大沓水磨石的纸上素描，似乎是一种长时间的观察和练习。从一大沓素描纸上看得出来，重复地探索真实世界的光线和具象的水磨石地板的交织，探索时间在其中的重合，才得以发展出今天一作难求的“水磨石”系列。而在他三十岁最早探索时期的水磨石作品中，能看到许多对真实与回忆细节的描述藏在绘画之中。那都是属于年轻时的激情与思考，也发生在艺术家三十岁时。

是的，年轻只有一回，年轻时所积累的一朝成名的能量，是珍贵的，也是无法再现的。所以张爱玲说“成名要趁早”。但是在这个时代“成名”，也可能是一个陷阱，一个误区，让人有了错误的判断。就如同手机自拍时的美拍修图，会让人们忘了真实的自己，而相信了自动修图后照片中的自己。自拍照中的自己经过美化与包装，开始迎向群众的共同审美，于是失去了自己，沉溺在这个时代自媒体交流后的一片梦境里。在这如时尚圈的艺术圈里，这些年来我看到几位快速成名后自以为成了大艺术家而自溺、自拍与自演的年轻艺术家，看着他们很快地失去了深刻的思考和创作的能力，只是不断在人前模仿着自以为的大艺术家的姿态，这点正与这个自拍盛行的时代有着相似的对照。

然而对我来说，许多好的艺术作品，也许是艺术家一个时期较稀有的作品，而非大家共识的大作。我更乐意借此去探索，感受着艺术家在思考上尝试而跨越的脚步。成名前的三十岁时刻，常常是好作品的进化区。这是我在收藏上的小小心得，与大家分享。

APP 创投与西洋古典绘画

所谓的春季拍卖，都得到七月中旬伦敦古典拍卖结束后才算真的结束。从早春三月开始，几乎跨过了半个夏季；从纽约、香港、巴黎到伦敦，包含北半球几个大城市近半年里无数场拍卖。其中印象派和西方当代艺术依然是最多场次、最多拍品的热门。

现在艺术市场的蓬勃跟整个经济环境的快速变迁有着密不可分的关系，这一年最常听见、好像也最有说服力的说法是：股票不好，那就买艺术品吧！这样的说法每隔几年总在艺术圈里流动着，因为一波一波新财富的兴起，许多 IT 人与金融人加入了这里，这与之前医生、律师为主要收藏人群的世代不同。收藏人群的改变必然影响艺术产业中的人群，最明显的是连锁大画廊与拍卖行的布局调整，让整个以艺术品收藏为名的人际圈子、审美与价值观系统有了翻天覆地的变化。

不知不觉，因为艺术品收藏，我认识的朋友开始越来越多来自 IT 与金融这两个领域。这样也不错，我开始听到迥异于我的观点和逻辑，增加了不少思考的机会。特别是接触到与商业相关的领域——这个我毫无所长的区域。前不久与认识的专业做投资的朋友们聊天，听他们说到 APP 创投似乎到了一个瓶颈点，就目前过度发展的 APP 市场来看，很难再找到投资可获利的 APP 了。听完，我却无礼地提出相反意见。我认为遇到瓶颈是因为创投者群体性的审美和被投者在价值判断上出了问题。金钱会促进事情发展，相应地也可以把人的客观性局限住。我觉得 APP 的发展，是一步一步建立在科技服务于人性、服务于这个时代的基础上的,这也是一种艺术。只要有创意和容于人性，我相信有很多我们自以为知道的领域还有着太多待开发与完善的空间，只要不求近利，必有可为。APP 创投短利时代的结束，并不代表 APP 不能思考长期获利的可能。可能是未明审而促判的价值观，造成了投资者趋祥避邪的心态，如此心态往往让资金流向同一处，让原本有可能的事情因资金的蜂拥而入，造成大家一起平庸地失败，反而忽略了一些沉默的坚持者，他们冒出了可能成功的光芒。

这是我提出的相反看法和论点。也许因为近年来太多资金流向 APP 创投，导致雷同、无创意、相互抄袭、忽悠投资的

APP太多了。其实在这波虚华浪潮后，另一波APP创意才要开始。这跟眼前的艺术圈一样！

仔细看这些年艺术市场的变化，当代艺术几乎就有点创投的意思：拍卖行与连锁画廊，再加上艺博会、美术馆和代表资方出访的掮客架构了一种新的结构。这也是符合这个时代的。只是当艺术家的作品不小心成了过度包装与说明的产品时，艺术品的位置被更多其他目的遮盖了。当收藏者的资金大到让各艺术通路上弥漫着"为资金服务"的气氛时，那就如同平庸APP满桌面的手机，是一个时代的某一时段警讯。好的艺术家依然安静地在那里，只不过没有随波飞扬，可能也不曾与你参加庆功晚宴或红酒品尝会，但他们仍在那里。

今年春拍最高纪录落在冷静了许多年的西洋古典绘画上，可以说是二〇〇八年金融危机后的又一次波动。古典艺术市场常常反着来，总在别人热闹时安静，别人安静时雄起。不过这次伦敦古典拍卖中的确出现了不少让人琢磨、耐人寻味的作品，鲁本斯依据《旧约·创世纪》故事所描绘的《罗德与他的女儿们》(《Lot and His Daughters》)，即使是堕落与罪恶，鲁本斯仍能以巴洛克雄大华美的叙述，呈现一个时代不可复制的美。四千四百万英镑虽未破鲁本斯之前《对无辜者的屠杀》

（《Massacre of The Innocents》）的最高纪录，不过这个数字已经是二〇一六年截至目前最高。鲁本斯另一个以儿子爱上年轻继母的传奇故事为原型的作品《安迪克与史东尼斯》，也是一幅精彩创作。另外 Circle of Robert Peake the Elder 的姐妹肖像画《A Portrait of Two Sisters, Probably Anne of Denmark And Her Sister Elizabeth》更是近代不停向古典借镜的双人肖像画典型。世事多变，当印象画派和当代艺术等着新富创新高之际，古典这个较难入门、门槛较高所以一直没法搭上新富潮便车的区块，却在钱潮缓慢时闪了光。

对艺术美的两种渴望

最近看到一篇纽约艺评人 Jerry Saltz 在二〇一三年写的文章，此刻读来特别有感。文章的标题是“画廊展览之死”。文中描述，他是个艺术爱好者，长年来保持在纽约每周浏览约三十场艺术展览的习惯，当代艺术大部分的知识都是通过去画廊看展以及和艺术家闲聊获得，不论展览内容的品质、接受度的好与坏，都是收获。大量的阅读与浏览占据他生活很重要的部分。而这几年随着艺术市场生态的改变，艺术品销售成了艺术名下最受注目与重视的一个环节，画廊现在天天都可以销售艺术品，艺博会、拍卖会、双年展和大的展览，或是网络上靠图片，都可以销售艺术品。

他说得没错。我们已经看到，这几年来艺术品因为“销售”的本质而合理化地成为销售物件。换个说法，就是许多以艺术为名的物件早已经充斥在市场。在这个以数字论英雄的时代价值观下，在快速生产、销售应接不暇的时代，艺术品阅读与讨论的过程往往被忽视了。画展冠名之策展人的解说，大部分像在倾倒宏大叙述,夸大地往加值效果上走去。特别是在华人地区，艺术品到西方画廊或国外美术馆展出，更是一种镀金效果。关于作品本身，透过展览而发生的讨论与叙述，已经压缩到最少。一件创作未满十年的作品，在拍卖会上一分钟便决定生死，作品价值决定于成交数字，然后等待下一次轮回。

画廊的展览侧重美好的包装和人际的行销。若做得好，展前就能被当作投资品订购。而这些涌现的收藏者，在挑选作品时各自有看中的目的和未来的期待。因着这样的论述，延伸成艺术博览会开展前的 VIP 宴会，和各项宴酬买家的活动，气氛火爆的展场往往都是人们聚焦的地方，因为这气氛也决定了这次的交易金额，当然越大的名头、与越大尺幅的作品，在此时更是能取巧立功。内容是什么已不再重要，成了物件，如期货般流动，数字决定了一切。我看见积极的人已起身抢在博览会的 VIP 宴会前，先于别人到达展场，先下手为强，这已成为热门博览会之求生技术。人们揣着资金以拥抱艺术之名进行着交易，让艺术面目模糊。当媒体报捷如春雷连连，世界各个大城市也抢着开办艺术博览会和各个名目的双年展，种种原本严肃的展出纷纷沦陷，给前来镀金的物件背书，冠上值得升值的标签。以致发展出艺术家将整批画交与资金方，透过美术馆个展之名，再一一过渡到西方的拍卖会夜场制造惊人效果，镀上两层金，然后再回过头一一透过亚洲拍卖会包装并销售。

艺术品不再有展览之地，没有人去论述、去讨论、去检验它。最终人们围着这样的局，就看谁的敏感度高，趁着泡沫崩碎之前买进卖出，一场谁是赢家、谁是输家的“赌局”而已。艺术品在仓库与仓库之间移动——就如同表演者失去了舞台——都是徒然。

在 Jerry Saltz 那篇文章的最后，他下了一段精彩的结论：观看、制作、思考，体验是我们与艺术关系的起点。艺术为我们打开世界之门，让我们看到无法言说的事情，创造新的思考模式，在公共空间里创造神秘的仪式，发明宇宙起源论，探索我们的意识，绘制他人可以看到的意识地图和分类。他引述法国作家普鲁斯特在《追忆似水年华》里的观点，“对事件的纯叙述性描述就像是向人们介绍歌剧却只给他们看歌词一样。”普鲁斯特认为“人们应该努力区分音乐每天的变化”。而我们在欣赏艺术时也是一样，不管我们在哪里观看，不管周围有多少噪音。在画廊里，我们应试图辨赏“艺术旋律的不同”。他喜爱并渴望这样的体验。

说得多精彩啊，我举双手同意，也向他致敬！

解开习惯与喜恶

事情的发展纵然按照原来的计划，往往它还是会在另外一个地方告诉你：你原先的预期和真实之间多少都会有出入。这出入不代表判断错误，而是一个供你思考的现实，它会告诉你：此时此刻的你和之前做判断做决定时的你，在这时间差之中的变化。这样的变化无关对与错，因为时间中，变化本身才是不变的真理。特别体现在人的价值观变化上。变化绝对是一种考验，它让你不断地因为差异而思索，因为思索而让自己的存在有更好的选择。

说这些其实是呼应《一个人的收藏》纪录片开拍至今我的一个感想。原先以为只是一个支持艺术家纪录片的赞助行为，以为艺术是自己较为熟悉的，可以给予从未涉略艺术领域的年轻朋友们一些支持或建议，没想到随着摄影镜头的探索与前进，随这些不带任何主观色彩的新眼睛，游历了过往我以为熟悉的艺术圈，看到了自己以前忽略过的，或者因为过于主观而错过的一些艺术角落！

过往我的收藏行为，都是先来自于对艺术作品的喜恶。因为我相信艺术作品能反映出一个人的心思，我都是被作品打动后才渐渐好奇是谁创作的，所以特别喜欢探索未被媒体关注过的新艺术家，那是一种探访人心的过程。当我对作品投以喜爱并收藏于生活中时，会有一种完成自己探索的总结与记录之感。时间累积，我也在看着艺术家们的成长与变化，特别具体到看着他们在名声与作品上的变化。作品的成长缓慢而艰辛，不能由旁人分担，我只能等待和鼓励。然而名声的变化却是另一个复杂的世界。近几年在当代艺术市场里，看到一种先把作品价格做高带来名声的模式，这总是一再地挑战着我的思考与情感，因为这一切已经与作品无关。现在毕竟是一个资讯发达透明的时代，所有盘算很快都会昭然若揭。当这样的变化发生在曾经欣赏过的艺术品的创作者身上时，我忽然感叹：这十几年对于作品的情感，像是被泼上黑墨一般。我开始怀疑自己，甚至恼羞成怒，也怀疑艺术、怀疑人性、怀疑自己的眼光与审美。

这是我这几年经历过的事情，我也曾很粗糙、很自卫地选择从此对这样的艺术家不看、不听，试着冷嘲以对，转身离开，原来我以为的艺术天才如今已经成了名利精算师！

而随着纪录片的发展，当我更深入地与艺术家对谈、和策展人沟通、与画廊经营者对话后，当我开始习惯当一个观察者，而不是收藏者或艺术爱好者时，我才知道，该审判的是过去的自己。我开始发现原来的自己视野不够大，是个小气之人，甚至是自私的，我因为自己的固执而恼怒于他人。这让我更深刻地想到：艺术在情感上、思想上、价值上的认同差异，因为时间差而造成的变化，有对错之分么？思想本来就是一种不断演变的过程，彼此曾经在心灵上、价值上、思考上交会，这是缘分，并非必然，也不是常态。人与人之间有差异，不相叠、不相同的时间还是占多数，甚至就算背道而驰，也不应该赋予对错之名。当我放下一个艺术爱好者的或以收藏之名而摆出的姿态，把已经成形的喜恶通通抛下，我才知道不带审判地聆听和阅读是多么可贵。

我不知道今后是否有勇气，去收藏一位价值观我不认同的艺术家的作品，只单单纯纯地凭着对作品的喜欢而被打动。这是一个需要学习的功课。虽然我知道，一个人品我不认同的艺术家，绝大部分的作品会跟他的价值观相连，往往引不起我的喜爱。但是现在我相信：生命由时间组合而成，它是个变数。

也许在过去、也许在未来某一个时刻，当彼此某部分想法相会交叠，反映在作品之中时，我能开放自己，解开自己的习惯与喜恶，以更纯粹的心去面对一件艺术作品吧。

新时代的“实体丝路”

香港巴塞尔艺术展如期开展，人潮汹涌一如过往。从香港国际艺术展到香港巴塞尔艺术展*，时经多年，似乎有一种从发展中国家走进了发达国家的变化。甚至有一种感想：透过艺术的平台，将来艺术也许会是一个以亚洲为世界核心，向世界敞开发声的一扇窗。

艺博会是一个商业平台，然而在这个网络发达到几乎已经取代了传统沟通传递方式的时代，这次香港巴塞尔似乎有种新时代的“丝路实体店”之感。只有面对时代变化的本质，思考周延、计划完善，才有可能在艺博会多如过江之鲫却各个逻辑相同面目相似的局面中找到自己的定位。

四年下来，香港巴塞尔所展示出的已不只是丰盛而热闹的场面，更多的是自己的观点和清晰掌握的客户面向，也是每年一次的自我再检验。所谓有效，不单单只是指主办方对媒体端的掌握或者是对参展画廊之规划与编排，也包括吸引到越来越多有影响力的收藏者或潜在客户的参与。更重要的是，是否察觉得到因为时代的因素，同样发生在亚洲的某些此消彼长的变化。很明显能看到，四年前巴塞尔以国际品牌博览会之姿进入香港时，国际品牌效应和面向新富的中国是主旋律，那年在VIP预展首日出现于现场、常见于艺术媒体报道的均是国际知名藏家，这次现场出现的则是新科金像奖影帝李奥纳多先生、脸书负责人马克·扎克伯格，受艺术媒体关注名单的转换其实也反映出市场的思考。

中国从乍富到经济平缓的过程，让许多一夜暴富的买家被淘尽，留下了少数持续关注艺术、有自己思维观点的成熟收藏者，这是一个文明成熟的过程。交易数据看似没有当年的井喷，但是质的变化不少，至少我看到的各画廊带来的作品，已从亚洲拍场的“名牌”转向更开阔的名单。画廊在面对日益扩大的亚洲收藏群的同时，已经照顾到长期涉入艺术圈的已有世界观的中国的成熟收藏者。这些年来大陆已有少数在艺术阅读上越来越深刻、并且建立出自己一套收藏系统的收藏者和机构，他们不仅有财力，同时也有理解力。这些年来，他们单刀赴会到世界各角落的美术馆或大型画廊去碰触、去探索，化被动为主动。

艺博会已不再是猎奇或探索艺术的唯一通道，而是网络交流时代对实体作品的再一次确认的平台。因为收藏者透过各渠道的资料收集和沟通后，各自面向已经清晰了，确认收藏则是一个决定性的时刻。

看着这次的香港巴塞尔，虽然如过往般，艺术中介者和许多知名艺术家以及人群在场地之中交错来回，在热络气氛中大陆收藏者已不再躁动，都改以低调沉静的步伐，不再有兵荒马乱的掠夺气息。有经验的藏家们入场会先走到他认为可能有所获的单位，然后再转入新的可能的探险，这次艺博会画廊部署大改动的原因也在此。看得出过往的混乱今年已经明显地不再了，新形成了一种乱中有序的状态。只是中国媒体若还扮演着敲锣打鼓、期待各种高调数据新闻的角色，势必会失望。今年猎奇的气氛明显下降，供需有序的艺术市场气息在这里已经嗅得到。这的确是一件可喜的事。

这次也看到，香港巴塞尔更全面地考虑到了中国以外、亚洲经济新兴国家的藏家们，呈现出多样的面向。这也许是中国媒体一直忽略且还不理解的面向，亚洲各国虽然不如中国的经济成长速度快，但不代表其藏家收藏的力量是隐秘的。那些只面向中国收藏口味的国际画廊，今年自然会发现不若过往，因为它们没有与时俱进地理解到，二十一世纪亚洲的改变不只发生在中国，是整个亚洲的改变。香港不只是中国的窗口，也是整个亚洲的窗口。

我一直认为好的艺博会是一个收藏者扩大自己眼界、跳离自己的习惯与喜恶，面向更开阔艺术世界的最好场地。本来艺术就是一个需要不断探索的星球，你将会遇到已知的世界之外的新想法与新观念。而好的艺博会不只是淘货的商场，是要在有限的时间里，让有着自己艺术标准的人再往外探询和经历的平台。

一场好的艺博会走下来，是喜爱艺术者的一次“真心话大考验”，不断地让你确认：自己在艺术里错过了什么？也考验着你，曾经所爱的作品是否依然滋养着你的心？懂得利用一次好的艺博会去扩展自己的阅读或实践自己期待已久的愿望，才不枉此行。各路媒体纷纷以高声告知哪些作品值得看，哪些作品刚刚落入哪些收藏家手里，以及成交数据的讯息，在这信息如海洋的网络时代里，你该有的反应是什么？

艺博会当然是一次商业活动，商业是文化交流传播最有效的平台。一次成功的艺博会将带动一个城市美丽的骚动，而此次香港巴塞尔艺术展发出的讯息似乎还不只如此，有着亚洲艺术中心隐约成为世界艺术中心之势，华人画廊、媒体与收藏家们在这艺术丝路实体平台上，又将如何扮演自己的角色呢？

* 香港国际艺术展，被巴塞尔艺术展收购，2013 年正式命名为香港巴塞尔艺术展。

一个音乐人眼中的时代

这应该是个完美ending，音乐人David Bowie于伦敦苏富比的收藏拍卖会，三场都是白手套*。对于名人的遗产处理，这应该也是一次完美的案例。

当时吸引我，当然因为他是David Bowie。虽然同在音乐圈，我却一直不是他音乐上的粉丝，对他的作品总是有种没听明白之憾。不过他的人却对我充满了吸引力，特别是他拍过的电影。另外我还好奇他尝试透过音乐讨论的各种话题，在那一面里的David Bowie，隐隐约约可以感觉到是一个对世界充满好奇之人。人面对好奇只有两个方式：走开，或是以自己的肉身去探索碰触。年纪愈长，愈能感受到David Bowie在他的生活里一直充满了探索的面向。在他与世界告别后，我有机会从音乐转到他的艺术收藏去了解他。我看了厚厚三大册拍卖图录后，第一个感想是：他比我以为的David Bowie更丰富多变。所以决定：到展览现场去吧！

毕竟是一场拍卖，首先从艺术的商业角度来看，拍卖公司很清晰地划出了三个部分：高知名度的、高市场价的，也就是传统的所谓夜场货；而日场几乎都是与市场无关的、体现 David Bowie 个人品位的收藏；第三部分则是他最令人惊艳的家具收藏。

先从我最不熟悉的家具收藏说起。我想许多喜欢艺术的人，对于服饰家具的品位难免会受到艺术的影响。David Bowie 钟情于米兰孟菲斯派的家具设计：充满趣味、幽默，多彩而富有几何感，也隐约符合他给人的印象——拘谨、神经质、传统的英国人，还有他对抗此宿命所展现出的多彩。这部分展品反映出的是个非常 David Bowie、也非常趣味的年代，我虽不甚了解，却还是在展场里穿梭于他的家具藏品中，不亦乐乎，每一件作品都让我感觉既诡异又欢乐，像进入到游乐园似的。

至于夜场拍品就不细说了，都是所谓当代艺术的商业名牌：从一件威尼斯画派的丁托列托（Jacopo Tintoretto）作品《The Angel Foretelling Saint Catherine of Alexandria of Her Martyrdom》到一件印象画派毕卡比亚（Francis Picabia）的超大画作，加上当代夜场的热货巴斯奇亚（Jean-Michel

Basquiat)、赫斯特(Damien Hirst)等。说实在的，现在夜场几乎成为推广商业艺术与制造荣景的最佳武器，然而过多的夜场拍卖也让人疲劳，因此除了毕卡比亚的作品我花点时间看过，其余只浏览。在我眼中，所有精彩的、让我观后不停思考的拍品都出自日场。那些作品出自 David Bowie 自己的国度、他成长地的艺术家，年代跨度有一个世代。

参观结束后，我反复阅读图录并查询资料，得知 David Bowie 说过他大部分的收藏是二十世纪的英国艺术品，而且大半的艺术家并不出名。他还说："相对于收藏霍克尼或弗洛伊德，我更喜欢收藏某一时段内我觉得重要的人，或具有某个时代代表性的作品。"由这上百件作品组成的日场拍卖，让我对一个原本只知其名而未能深入了解的音乐人的成长以及内心世界有所探索，真是一场丰富的心灵之旅。我看到一个英国人在自己能力所及范围内，选择与自己思考相近的作品收藏。这也让我相信，这些作品对 David Bowie 来说，都是生活中的感想与阅读所转化而成的收藏行为。在展场里，我像一个闯进别人家的陌生人，虽然有许多我不认识或不了解的艺术家的作品挂在那儿，但其实这样也好，陌生反而可以让自己更纯粹、更客观地阅读艺术，全凭直觉判断、认识、了解这个家的主人。

在展场里，我察觉到现场有许多不是藏家的参观者，他们是为 David Bowie 慕名而来的当地人。我在这拥挤，甚至有些喧闹的展览场上，不断听到人群用浓重的英式口音交谈。还记得跟我同时看着一张画作的英国中年夫妇的对话：“我父亲也有一幅他的画，挂在我少年时的家中。”我也看到一些行动较为缓慢的老先生，安静伫立在某些作品前。我慢慢明白，David Bowie 的收藏，更多是属于他与这些人的一段时代情感，关于性别、政治、劳动者、移民后代等，还有许多待我继续研读。

我在伦敦只停留两天，连续两天在场内看了一两小时，这两周回头仔细对照厚重的图录和资料，延展阅读，隐隐约约看到了一个二十世纪后段的英国；也看到了一个英国人在自己的时代中，如何看待自己的位置和与自己相关的世界。他是个音乐人，也是一个时代的子民，所有他好奇的、关心的、愤怒的、思考的，都能在其收藏里隐约看见。

果不其然，一直低迷的英国本土艺术市场，就在 David Bowie 这场拍卖中扬起了一波高潮。在线竞标平台里可以看到，在影像画面、周遭热闹的人声，与此起彼落的举牌竞标声中，仿佛感到属于一个时代的跫音又复活了。三场 David Bowie 收藏拍卖，共计十二小时才拍完。

我不禁联想当代艺术的现状。从另外一个角度来看，在大型连锁画廊所主导的伦敦和纽约艺术市场里，在快速传播所造成的审美共识下，那一个个看似成功的营销与传播系统，当你深入了解后往往发现不一定与个人或艺术相关。创高价的艺术品中，虽也有令人敬佩感动的艺术家的创作，但更多的是商业化后的短期结果——也许这也是这个时代的一个特性。

David Bowie 的日场拍卖似乎在这个已成惯性的艺术市场里，小小地做了一次不一样的回应。它的成功除了反映出当今拍卖行成功的营销与传播系统，更不可忽略的是，它反映了一个地域、一个时代的情感共识。

* 专场拍卖中倘若拍品成交率达 100%，执槌的拍卖师就会得到一副白手套作为荣誉和奖励。

当我
在这里

千丝万缕其中 一系
安静是穿越的 羽衣
闻到 秋光
沐浴 蝉鸣
你在时间的那里 而我在这里

你已等候我多时
终于知己般相遇
枕着 白雪
听见 杨絮
你在时间的那里 而我在这里

以手编织着时光
温柔磨亮了沧桑
屏息在凝望的语境
今夕是何夕

当来不及传递的钟声响起
于是我们都发现了岁月的意义
当我在这里

作词：姚谦 / 作曲：陈粒 / 编曲：刘胡轶 / 演唱：陈粒 / 制作人：姚谦
电影《我在故宫修文物》主题曲

姚谦歌单

自选歌词作品 20 首
（按创作年份排序）

林惠萍《说好见面》

万芳《试着了解》

柯以敏《河流》

张国荣《Love Like Magic》

李玟《答案》

侯湘婷《秋天别来》

萧亚轩《最熟悉的陌生人》

江美琪《镜子联想曲》

林忆莲《飞的理由》

林忆莲《盼你在此》

江美琪《双手的温柔》

苏慧伦《秋天的海》

顺子《Dear Friend》

刘若英《原来你也在这里》

刘若英《知道不知道》

江美琪《我爱夏卡尔》

赵薇《微小的部分》

袁泉《木槿花》

好妹妹乐队《平常邮件》

陈粒《My Dear Art》

图书在版编目（CIP）数据

如果这可以是首歌 / 姚谦著. －成都：四川文艺出版社，2017.5

ISBN 978－7－5411－4663－3

Ⅰ.①如… Ⅱ.①姚… Ⅲ.①随笔－作品集－中国－当代 Ⅳ.①I267.1

中国版本图书馆 CIP 数据核字 (2017) 第 091782 号

著作权合同登记号 图进字：21-2017-202

RUGUO ZHE KEYI SHI SHOU GE

如果这可以是首歌

姚谦 著

策划编辑 王 丹 黄宁群
责任编辑 王筠竹
特邀编辑 黄渭然
营销编辑 朱银芳 柳艳娇 刘 畅
装帧设计 朱 琳
内文制作 田晓波

出　　版 四川文艺出版社（成都市槐树街 2 号）
网　　址 www. scwys. com
电　　话 028－86259303（编辑部）
传　　真 028－86259306
发　　行 新经典发行有限公司
电话 (010) 68423599 邮箱 editor@readinglife.com

邮购地址 成都市槐树街 2 号四川文艺出版社邮购部 610031
印　　刷 北京中科印刷有限公司
成品尺寸 130mm × 184mm 1/32
印　　张 9.25　　字　　数 190 千
版　　次 2017 年 7 月第一版　　印　　次 2017 年 7 月第一次印刷
书　　号 ISBN 978-7-5411-4663-3
定　　价 45.00 元